庫

漂流、諸国廻り

幻の船を追え

倉阪鬼一郎

徳間書店

目次

第一章　焼け焦げた地図　7
第二章　千都丸出航　31
第三章　蝦夷地廻り　51
第四章　能登まで　72
第五章　黒鳥の群れ　92
第六章　幻の船　116
第七章　秘法と渦　141
第八章　闇と御燈明　167
第九章　渦の向こうへ　191
第十章　夢のなかの都　215
第十一章　千都丸帰還　243

終　章　うつつの船　267
参考文献一覧　296
倉阪鬼一郎　時代小説　著作リスト　299

主な登場人物

飛川角之進　諸国悪党取締出役、通称諸国廻り。旗本の三男坊として育ったが、実は将軍家斉の御落胤。柳生新陰流の遣い手で、将棋は負けなし。料理屋で修業し、団子坂で料理屋「あまから屋」を開くが、出自ゆえに小藩の藩主をつとめたこともある。

おみつ　角之進の妻。湯島の湯屋の娘だったが、左近の養女となり、嫁ぐ。

王之進　角之進とおみつの息子。

飛川主膳　角之進の養父。

布津　主膳の妻。角之進の養母。

春日野左近　諸国廻りの補佐役。角之進の古くからの友。

草吉　角之進の手下。忍びの心得がある。

林　忠英　若年寄。

大鳥居大乗　宮司。幕府の影御用をつとめ、諸国廻りへ指示を出す。

徳川家斉　江戸幕府第十一代征夷大将軍。角之進の実父。

喜四郎　角之進の料理の弟弟子。妻とその弟の大助とともに「あまから屋」を切り盛りしている。

おはな　喜四郎の妻。

第一章　焼け焦げた地図

一

諸国廻りの休日は短い。

八州廻り、正式な名称を関東取締出役という御役は関八州を縄張りとしている。江戸の外で跳梁する悪党どもを追うばかりか、風紀粛清に至るまでさまざまな役目を担う激務で、おのれの屋敷でゆっくりできるのは正月休みだけだ。

諸国廻りの縄張りは、八州廻りよりさらに広い。なにしろ、日の本じゅうが職掌に入る。その近海もすべて縄張りということになっている。蝦夷地から薩摩に至るまで、ただならぬ悪しき気配が漂うところがあれば出かけて行かねばならない。

それが諸国悪党取締出役、通称諸国廻りたる飛川角之進のつとめだ。

角之進がなぜそのような御役に就くことになったのか、経緯を仔細に語ればむやみに長くなってしまう。そこで、無理に約めると、角之進が将軍家斉の御落胤だったことが何と言ってもいちばん大きかった。

家斉が市井の娘に産ませた子が飛川家で育てられた。その「若さま」が紆余曲折を経て、諸国廻りの大役を任されたのだ。

むろん、一人だけで役目を負っているわけではない。力を貸す者たちがいなければとてもつとまらない役目だ。

まず、補佐役として古くからの友、春日野左近がいる。肝胆相照らす仲の左近は、角之進にとってはなくてはならない相棒だ。

忍びの心得のある小者の草吉との仲も長い。角之進がまだおのれの出自を知らなかったころからの付き合いだ。日の本の辺境へ赴くときは、忍びならではの力が役立つ。

飛川家はもともと御庭番の家系だ。だからこそ御落胤の角之進が託されたわけだが、父の主膳は久しく無役だった。しかし、角之進が諸国廻りになるとともに、幕府とのつなぎ役として働くことになった。

諸国廻りの上役は、若年寄の林忠英だった。家斉の寵臣でもあるこの切れ者が表向きは指示を送っている。

若年寄が表だとすれば、影の大役を担っているのが大鳥居大乗という少壮の宮司だった。諸国廻りが次に向かうべきはいずこか、影御用の宮司がひそかに占っている。さらに、諸国廻りの足とも言うべき者たちがいる。大坂の廻船問屋、浪花屋の船乗りたちだ。

日の本じゅうを縄張りとする諸国廻りは、全国津々浦々へ出向いて悪党を退治する。そのための足となるのが、浪花屋の菱垣廻船だった。樽廻船に圧されて昔日の面影がない菱垣廻船だが、浪花屋は瀬戸内の塩廻船も何隻か有しており、日の本じゅうに持ち船を走らせてその身代を保っていた。諸国廻りは縁の結ばれた浪花屋の船を足がわりとして使い、江戸から遠く離れた地にまで赴いていた。

昨年はみちのくへ赴き、陸中閉伊藩という小藩の危機を救った。九死に一生を得て江戸へ戻ったばかりだが、早くも能登の沖に次の暗雲が認められた。

家族と過ごす短い休みを終えたら、また発たねばならない。

それが諸国廻りのつとめだった。

二

「お発ちはいつごろでしょう」

女房のおみつがたずねた。

もとは湯屋の看板娘だったが、二階で将棋の指南をしていた角之進と縁が結ばれ、夫婦(めおと)になった。いまは親友の春日野左近の養女となり、光(みつ)と武家風に名を改めている。

「大坂の浪花屋へ早飛脚(はやびきゃく)の文(ふみ)を送ったところ、すぐ返事が来た。おおよそ十日後に次の菱垣廻船が江戸に着くようだ」

角之進はそう答えて湯呑(ゆの)みの茶を啜(すす)った。

「たった十日で……」

息子の王之進(おうのしん)があいまいな顔つきになった。

背丈(せたけ)は伸びたが、まだ三つのわらべだ。せっかく父が帰ってきたというのに、またすぐつとめの旅に出ていってしまう。べそをかきそうになるのも無理はなかった。

「父上は大事なおつとめですからね」

おみつがなだめるように言った。

「すまぬな。母上と待っておれ」

角之進も笑みを浮かべたが、わらべはこらえきれなくなったのか、やにわに立ち上がって、わっと泣きながら奥のほうへ行ってしまった。

「やむをえぬな」

角之進は苦笑い（にがわらい）を浮かべた。

「相済（あいす）みません」

と、おみつ。

「わらべだからな。船が着いてから支度（したく）が整（ととの）うまで時がかかるゆえ、江戸を離れるのは半月あまり先になるだろう」

角之進は伝えた。

「今度は能登だとか。ぐるっと蝦夷地のほうを廻っていくんですから、大変でございますね」

おみつが言った。

「まあ、そこへ至るまでは、ほうぼうの湊（みなと）でうまいものを食えるからな」

角之進は笑（え）みを浮かべた。

「お料理も仕込んでこないと」

おみつの表情もやわらいだ。

「うまい料理を仕込んで、あまから屋に伝えねば」

角之進は言った。

あまから屋は団子坂にある料理屋だ。角之進とおみつが始めた見世だが、いまは弟弟子の喜四郎と女房のおはな、それにおはなの弟の大助とその若女房が切り盛りをしている。

二幕目には区切りができ、「あま」では甘味が、「から」では酒肴が供される江戸でも珍しい見世だ。諸国廻りの角之進は旅先で郷土料理に舌鼓を打ち、江戸へ帰ってから折にふれてつくり方を伝授している。

「で、能登はどういうおつとめになるのでしょうか」

おみつが話を戻した。

「暗雲が漂っているのは、能登の国そのものではなく、能登の沖ということだ。で、その能登の沖については、浪花屋に因縁めいたものがあってな」

角之進はそう言って茶を呑み干した。

「因縁でございますか」

と、おみつ。

「実は、かつて浪花屋の菱垣廻船が一隻、能登の沖でゆくえ知れずになっているのだ。早飛脚の文にそう記されていた」

角之進は明かした。

「まあ、ゆくえ知れずに」

おみつが目をまるくした。

「そうだ。それで、能登の沖へおれが調べに行くことになると聞いて、ゆくえ知れずになった菱垣廻船の船頭と楫取(かじとり)のせがれが色めき立ち、ぜひ乗りたいと手を挙(あ)げたゆえよしなに、としたためられていた」

「親子二代の船乗りなんですね」

「せがれにとってみたら、父の弔(とむら)い合戦……いや、儚(はかな)い望みだが、どこぞの島にでも漂着(ひょうちゃく)して暮らしているのではないかという考えも捨ててはいないようだ」

角之進はそう伝えた。

「それは人情でございますね」

おみつがしんみりとうなずく。

「いずれにせよ、江戸へ出てきたときにくわしい話を聞くつもりだ。このたびの暗雲と関わりはないかもしれぬが」

角之進は軽く首をかしげた。

「ことによると、関わりがあるかもしれませんよ」

勘の鋭いところがあるおみつが、いくらか声を落として言った。

三

同じころ――。

大坂の廻船問屋、浪花屋の屋敷に柏手(かしわで)を打つ音が響いた。

小さな鳥居の向こうに屋敷神が祀(まつ)られている。

それに向かってひとしきり祈り、悠然と戻ってきたのは大おかみのおまつだった。

庭を通って縁側へ向かう。今日はいい日和(ひより)だ。

おまつは少し顔をしかめた。

つれあいの吉兵衛(きちべえ)がうなる義太夫節(ぎだゆうぶし)の声が急に裏返ったからだ。

「耳が腐るで、あんさん」

おまつは忌憚(きたん)なく言った。

「ああ、ちょっと気張りすぎたわ……こほこほ」

浪花屋の隠居が空咳をした。

「あんさんも暇やったら、千都丸の無事を祈ってお参りしとき。今度は前に恵比寿丸がゆくえ知れずになったとこを通るんやさかいに」

おまつが言った。

「分かった。その前に、お茶もらおか。のど嗄れてしもたさかいに」

吉兵衛はのどに手をやった。

「のど嗄れるほど、耳が腐りそうな義太夫うならんでも」

と、おまつ。

「なんべんも言わんでもええわ」

吉兵衛は口をへの字に結んだ。

ややあって、お茶の支度が整った。

縁側に並んで、廻船問屋の隠居と大おかみは茶を呑みながら話を始めた。

「恵比寿丸の二の舞になったら、うちはもうあかんさかいにな」

吉兵衛が渋い顔で言って、おかきに手を伸ばした。

「験の悪いこと言わんとき」

おまつがぴしゃりと言う。

「そやかて、前に能登の沖で一隻ゆくえ知れずになってんのやさかいにな。あのときは、もうあかんと思たわ」

いまは長男の太平（たへい）にあるじの座を譲っている隠居が言った。

「あんさんの船が遠州灘（えんしゅうなだ）で座礁（ざしょう）したときも、もうあかんと思たけど」

大おかみが言う。

「それは言わんといてくれ」

吉兵衛が顔をしかめた。

いまは隠居しておとなしくなっているが、あるじのときは周（まわ）りが振り回されて迷惑をこうむることもしばしばあった。追い風に乗っていれば、それ行け、やれ行けで知恵も力も出す。樽廻船に圧（お）されて左前のところも多い菱垣廻船の問屋のなかでは、塩廻船などで補（おぎな）いながら身代を守ってきたのは吉兵衛の才覚があったればこそだ。

さりながら、ひとたび向かい風にもまれると、頭の中に嵐が生（しょう）じてしまい、おのれがだれか分からなくなってしまうという大きな弱点があった。

樽廻船に圧され気味の菱垣廻船の失地回復とばかりに、吉兵衛はだれも思いつかなかった策を考え出した。廻船でほうぼうから運ばれてきた食材を用いた料理の見世を出す。名は「廻船料理なには屋」だ。初めは一軒の見世でも、厨（くりや）で修業した料理人が次々にのれん分けをすればやがて千軒のなには屋になる。吉兵衛の絵図面では輝かしい景色が描かれていた。

だが……。

その下見にと江戸へ赴いた菱垣廻船が遠州灘の荒波にもまれ、あえなく座礁してしまった。少しでも重みを減らすべく、菱垣廻船の命とも言うべき帆柱が切り落とされるとき、吉兵衛は泣き叫んだという。

おのれの思いどおりにならず、逆風にさらされると、急にわけが分からなくなってしまうのが吉兵衛の泣きどころだ。そのときも座礁後にゆくえ知れずになってしまい、親族はずいぶんと案じたものだった。

「まあ、おんなじゆくえ知れずでも、あんさんは見つかったさかい良かったけどな」

浪花屋の大おかみはそう言って、ゆっくりと茶を啜(すす)った。

その後、次男の次平(じへい)と娘のおさやが江戸の本八丁堀(ほんはっちょうぼり)で廻船料理なには屋を開いた。千軒のなには屋は夢物語に終わったが、次平とおさやはそれぞれ伴侶(はんりょ)を得て、おさやが二軒目のなには屋を開き、ともに繁盛(はんじょう)している。

紆余曲折(うよきょくせつ)はあったが、吉兵衛もおのれがだれか思い出し、家族との再会も果たした。ただし、これを機に隠居し、あきないはせがれの太平に譲ることになった。ずっと振り回されてきた家族はほっと胸をなでおろしたものだ。

「恵比寿丸はゆくえ知れずのままや」

吉兵衛はそう言って、苦そうに茶を呑んだ。

「源太郎らは、まだどこかでお父はんが生きてると思てるみたいやけど」

おまつがいくらかあいまいな顔つきになった。

「そら、そや。たとえ髪の毛一本でも、望みがあるんならそう思うのが人情やで」

吉兵衛はそう言って、塩昆布に手を伸ばした。

蝦夷地の昆布に、瀬戸内の塩。いずれも浪花屋の廻船で運ばれてきた極上の品だ。

「弔いにお酒でも海へ流したったらどやろと、わたいは思てたんやけどな」

大おかみが言った。

「源太郎と松次が聞いたら、気ィ悪するで」

吉兵衛が顔をしかめた。

「そやな。どこかで生きてるのがいちばんかもしれん」

おまつはそう言ってまた茶を啜った。

ゆくえ知れずになった恵比寿丸の船頭は子之吉という。そのせがれの源太郎が父と同じ道を選び、碇捌として千都丸に乗りこんでいた。同じ碇捌の善次郎から薫陶を受けた腕のいい船乗りだ。もう一人、楫取の末松の次男の松次も乗り組んでいた。こちらはまだ若い水主だ。

「なんにせよ、無事に帰ってきてもらわんことには身代が立ち行かん。なんぼ諸国廻りの足やと言うたかて、菱垣廻船一隻分の弁済はしてくれへんやろ」

吉兵衛は湯呑みを置いた。

「見舞金くらいはくれるやろけどな。焼け石に水や」

おまつも茶を呑み干した。

「千都丸の無事を祈るしかあらへんな」

と、吉兵衛。

「ほな、神さんにお参りしとき」

大おかみがにらみを利かせた。

「うう、分かった。いま行く」

浪花屋の隠居はやや不承不承に腰を上げた。

四

諸国廻りの動くときが近づいてきた。

角之進は父の主膳、補佐役の春日野左近とともに登城し、若年寄の林忠英に謁見(えっけん)した。

「大鳥居宮司から知らせがあった」

将軍の懐刀(ふところがたな)はややあいまいな顔つきで告(つ)げた。

「どんな知らせでございましょう」

主膳がたずねた。

「やはり、能登の沖にただならぬ暗雲が漂っているらしい」

若年寄は答えた。

「能登の国ではなく、能登の沖ですね？」

角之進が念を押した。

「さよう。あくまでも沖だ」

家斉の寵臣(ちょうしん)は軽く身ぶりをまじえた。

「また異な雲行きになるやもしれぬな」

左近が小声で角之進に言った。

「それは役目柄、覚悟している」

角之進は引き締まった表情で答えた。

「それで、大鳥居宮司が言うには……」

若年寄は座り直してから続けた。

「諸国廻りとその補佐役に神社に来てもらいたいと。どうやら見せたきものや託したきものがあるらしい」

「見せたきものと託したきものでございますか」

と、角之進。

「そうだ。それが何かは分からぬ」

林忠英はちらりとあごに手をやった。

「では、行ってまいれ。わしは留守居役だ」

父の主膳が言った。

「承知しました」

角之進はすぐさま答えた。

「早いほうが良かろう。ただちに行け」

若年寄がうながした。

「心得ました」

「行ってまいります」

角之進と左近の声がそろった。

五

影御用をつとめる神社の名と場所は秘中の秘だ。

あまり世に知られぬ社だが、由緒は古い。ひそかに聞いたところによると、この世の要石のごとき役割を担っているようだ。その社なかりせば、世の要となる石が剝がれ、悪しきものが流れこんでくる。それを抑えるというきわめて重要な役割だ。

諸国廻りの駕籠は神社からいくらか離れた場所で止まった。そこからは徒歩にて社まで進む。社が影御用をつとめていることを知られぬように、細心の注意が払われていた。

角之進と左近は話をしながら歩いた。

「能登の沖では、草吉を先に走らせるわけにもいかぬな」

角之進は戯れ言めかして言った。

「忍びの心得があっても、それは無理筋だろう」

左近が渋く笑う。

瞳の色が人より薄いから、見ようによっては異人に見える面相だ。

「小舟を出すわけにもいくまい。荒れるのは必定だからな」

角之進が言った。

「では、なにゆえにさようなところにただならぬ暗雲が漂うのか」

左近はそう言って空を見上げた。

雲は広がっているが、ただならぬ暗雲には程遠い。

「それはおれも首をひねっていた。人が住んでいればこそ、暗雲が漂ったりするものではないか」

神社へと歩を進めながら、諸国廻りは言った。

「みちのくの小藩はそうであったな」

その補佐役が答える。

「まあ、棲んでいたのは人ではなかったが」

角之進は苦笑いを浮かべた。

「ならば、このたびも人ならざるものが待ち受けているやもしれぬぞ」

左近がいくらかおどすように言った。

「海の魔物のたぐいか。それはちと願い下げだな」

角之進は眉根を寄せた。

「諸国廻りたるもの、いかなるものとも戦わねば」

「他人事みたいに言うが、おぬしも戦うのだぞ」

「そうか。海の魔物は願い下げだ」

そんな話をしているうちに、神社に着いた。

さほど立派な構えではない。このささやかな社が幕府の影御用をつとめているとは、にわかには信じがたいほどだ。さりながら、ひとたび本殿に足を踏み入れると、清浄の気に心が洗われるような心地がする。

大鳥居大乗宮司は、二人の到着をあらかじめ察知していたようだった。

偉丈夫めいた名だが、細面でむしろ華奢な体つきだ。また、白髯の老人を想わせるが、いまだ少壮で角之進より若い。

大鳥居家は代々、この神社の宮司をつとめてきた。言わば、一子相伝だ。世の成り立ちに関する知識には並々ならぬものがある。さまざまな秘法にも通じている。ために幕府の信頼もいたく厚かった。

「お待ちしておりました。どうぞ奥へ」

衣冠束帯（いかんそくたい）に威儀（いぎ）を正（ただ）した宮司が身ぶりをまじえて言った。

「失礼します」

諸国廻りは一礼して奥へ進んだ。

左近も続く。

本殿の奥には、祭壇めいたものがしつらえられていた。

かぎりなく黒に近い高貴な紫の台座の上に置かれているのは、磨（みが）き抜かれた水晶玉だ。最も奥には、神社の御神体でもある神鏡が吊（つ）り下げられている。宮司が精進潔斎（しょうじんけっさい）し、深夜に火を焚（た）いて神託を行（おこな）うと、ご託宣とも言うべき像（すがた）が水晶玉や神鏡の中に浮かぶと伝えられていた。

助手をつとめる若い神官が茶を運んできた。人形と見まがうほどの美青年だ。

「わざわざお越しいただきまして」

大鳥居宮司は軽く一礼した。

「若年寄様よりご指示を賜（たまわ）りましたもので。それで、さっそくですが……」

角之進は茶で少しのどをうるおしてから続けた。

「次なる任地は能登の沖とうかがいました。そこにただならぬ暗雲が漂っているとか。それはいったい、いかなる暗雲でございましょうか」

角之進は問うた。

「尋常な暗雲ではなく、明言はできかねますが、恐らくは『時』に関わる暗雲かと」

宮司は厳しい表情で答えた。

「『時』ですか」

今度は左近が問うた。

「そのとおりです。『時』に関わる暗雲がこの世の安寧(あんねい)をおびやかすことになる。わたしがお伝えできるのはそこまでです」

宮司の表情がなおいっそう引き締まった。

重い間があった。

宮司は再び口を開いた。

「わが社そのものが世の要石のごときものとなっております。この世ならぬもの、つねならざるもの、悪(あ)しきものを封印するために、わが先祖がこの社を建立(こんりゅう)し、爾来(じらい)、世の安寧を護(まも)ってきたわけです」

大鳥居大乗は誇りをこめて語った。

「その世の安寧をおびやかすような、『時』に関わる暗雲というわけですか」

角之進の眉間にしわが浮かんだ。

「はい」

宮司は短く答え、ゆっくりと立ち上がった。

いったん奥へ姿を消したかと思うと、宮司はあるものを手にして戻ってきた。どうやらそれが「見せたきもの」であるようだ。

「これをごらんください」

大鳥居宮司がそう言って示したのは、日の本の地図だった。

「焼け焦げがありますね」

左近が気づいて言った。

「危難の迫る場所はいずこかと神鏡に対峙しながら占っていたところ、異臭が漂ってきました。ふと見ると、地図が燃えはじめていたのです。あわてて消し止めましたが、焼け焦げが残ってしまいました」

宮司はそう説明した。

「能登の沖ですね」

角之進は腕組みをした。

「そうです。そのあと、神鏡に映し出されたのが、ただならぬ暗雲だったわけです」

世の要石とも言うべき神社を護る男が明かした。

「『時』が関わるということはなぜ分かったのです？」

角之進は問うた。

「神鏡に映し出されたものを見ているとき、『時』という一字がくきやかに立ち現れたのです」

宮司はつややかな総髪の頭を指した。

「なるほど、お告げのごときものですか」

と角之進は問うた。

「恐らくは」

宮司はうなずいた。

またしても、重い間があった。

「ともかく、気を引き締めていかねばな」

左近が角之進に言った。

「気だけで太刀打ちできるかどうか」

角之進は珍しく弱音を吐いた。

「できる手は打つべしと考え、どこまで役立つかは不明ですが、こういうものをつくってみました」

宮司はそう言うと、狩衣のふところからあるものを取り出した。

短い杖だ。

ただし、尋常な杖ではない。先端には小ぶりの水晶玉がしっかりと取り付けられていた。

「託したいものというのは、これですね？」

角之進は腕組みを解いてたずねた。

「はい。分霊が宿るように、すでに儀式は執り行いました」

大鳥居大乗は第二の御神体とも言うべき水晶玉を指さした。

「それをかざせばいいのでしょうか」

角之進はなおも問うた。

「いえ、ただかざすだけではただの杖です。いかなる敵と遭遇するかにもよりますが、最も力を発揮するであろうやり方はこれから伝授いたします。そのためにお越しいただいたのですから」

大鳥居宮司は白い歯を見せた。

それから半刻（約一時間）あまり、宮司は熱を入れて秘儀を伝えた。諸国廻りとその補佐役は、真剣な表情で聞いていた。

「ここぞというときにのみ、神杖をかざし、秘儀を行ってください」

大鳥居宮司は厳しい表情で告げた。

「ここぞというときだけですね」

角之進も引き締まった顔つきで答えた。

「さようです。みだりにかざしても効き目はありません」

宮司はクギを刺した。

「承知しました。これで安んじて任地へ赴けます」

角之進はいくらか表情をやわらげた。

その視野の端に、焼け焦げのある地図が映った。

第二章　千都丸出航

一

「では、行ってまいります」

角之進（かくのしん）はまず両親にあいさつした。

「ああ、諸国廻（しょこくまわ）りのつとめを果たしてまいれ」

父の主膳（しゅぜん）が言った。

「くれぐれも気をつけて」

母の布津（ふつ）が案じ顔で言う。

「はい。つとめを果たして、必ずまた戻ってまいります」

角之進は一礼した。

いよいよ出立の時が来た。

おみつが王之進とともに見送る。

「母上の言うことをよく聞いて、達者に過ごしておれ」

角之進は息子に告げた。

「はい。父上も……」

そこまで言ったところで、わらべの顔つきが急に変わった。

「泣いてはいけませんよ、王之進」

それと察して、おみつが言う。

「永の別れになるわけではない。必ず帰ってくる」

角之進は笑みを浮かべた。

せがれがこくりとうなずく。

「無理をなさらぬように」

おみつが言った。

「無理をせねばならぬつとめだからな」

と、角之進。

「それは重々承知しておりますが」

おみつはいくらかあいまいな顔つきになった。

「むろん、無謀な真似はせぬ。左近と草吉、それに浪花屋の船乗りたちとよくよく相談しながら、慎重に事を進めていくつもりだ。案ずるな」

角之進は白い歯を見せた。

「江戸で無事を祈っておりますので」

おみつが軽く両手を合わせた。

「難儀をしたとき、神風を吹かせてくれ」

半ばは戯れ言で、角之進は言った。

「ならば、達者にしておれ」

角之進はわが子の頭に手をやった。

「はい、父上、行ってらっしゃいまし」

もうべそはかかず、王之進は気丈に言った。

「よく言えたな。では、行ってくる」

大切な家族に向かって、諸国廻りはさっと右手を挙げた。

二

角之進は左近と草吉と落ち合い、菱垣廻船問屋の富田屋の小船で千都丸に向かった。

千石船は大きすぎて江戸の湊に入ることができない。沖合に錨を下ろした船から荷を移し替え、岸へ運ぶ小船が要る。そういった荷下ろしなどのつとめを一手に引き受けているのが菱垣廻船問屋だ。浪花屋にとってみれば、富田屋は江戸の後ろ盾のようなものだった。

「こたびのおぬしは出番がないかもしれぬのう」

千都丸に向かう小船の中で、半ば戯れ言めかして左近が草吉に言った。

「はい」

草吉が表情を変えずに答えた。

忍びの心得のある小者はめったに顔色を変えない。まれにうっすらと笑みを浮かべるだけだ。

「船の中に魔物でも侵入してきたら、手裏剣を打ってもらうか」

角之進が言った。

その背に小ぶりの嚢を負っている。中に入っているのは、大鳥居宮司から託された水晶玉のついた神杖だ。海が荒れて万一のことがなきように、しっかりと身から離さぬようにしていた。

「まあ、能登の沖は遠いからな。それまでは力をためておかねば」

左近が言った。

「諸国のうまいものを食ってな」

角之進が笑みを浮かべた。

ややあって、諸国廻りの一行を乗せた小船は菱垣廻船に着いた。

いまの浪花屋には、大日丸と千都丸、二隻の菱垣廻船がある。上方の言葉を用いれば、てれこてれこ（交替）で諸国を航海し、食料や油や酒や衣類などを運んでいた。

大日丸のほうが古いが、中作事という改修作業を済ませているから、まだまだ寿命はある。角之進たちがこれから乗りこむ千都丸は最も新しい菱垣廻船だ。廻船問屋の命運を握っていると言っても過言ではない。

菱垣廻船は千石船だから、多くの荷を運ぶことができる。ただし、これは両刃の剣のようなものだ。大きな船を安定して走らせるためには、充分な下荷が要る。油や米俵や酒樽などの重い荷を積みこまなければ出航することができない。

菱垣廻船が下荷の積みこみに手間取っているあいだに、より小回りの利く樽廻船はお先にとばかりに湊を出ていく。そのせいで、菱垣廻船はすっかり樽廻船に圧され、昔日の面影はなかった。あきない仕舞いをする廻船問屋も目立つほどだ。

浪花屋は瀬戸内の塩廻船を何隻か持っているからまだしもだが、あとひとたびでも難破があれば、廻船問屋の身代は続かないだろう。そこまで追いこまれていることは船乗りたちも重々承知していた。

難破や座礁ばかりではない。かつての恵比寿丸のようにゆくえ知れずになってしまうこともまれにあった。海の航海には常に危険が付きまとう。

その菱垣廻船に、諸国廻りの一行を乗せた小船が着いた。

「よし、いよいよだな」

角之進が両手を小気味よく打ち合わせた。

三

「普通は春まで待つか、西廻りで行きますねんけどな」

船頭の巳之作が言った。

船頭というと小船を思い浮かべるが、堂々たる千石船の長だ。

「わが役目のために、あえて出してくれたわけか」

角之進が訊いた。

「いやいや、なんぼなんでもそこまでは」

巳之作があわてて手を振った。

「船が沈んだら終わりですよってに」

親仁（水主長）の寅三が言った。

「冬場はなおさら海が荒れると聞いているからな」

左近が言った。

「そうですねん。もっと小っさい船やったら、利根川から廻れますねんけど」

梶取（航海長）の丑松がいくらか顔をしかめた。

巳之作と寅三、それに賄（事務長）の捨吉が千都丸の三役をつとめている。浪花屋のなかでも指折りの船乗りたちだ。

「房州を廻るだけでも難儀ですさかいにな。東へ東へと風で流されますんで」

と、巳之作。

「冬場は潮の流れもきついんで」

寅三も言う。

「覚悟しておかねばな」

諸国廻りは引き締まった顔つきになった。

「前より荒れますよってに」

丑松が少しおどすように言った。

「それでも東廻りで行かねばならぬわけがあるのか」

角之進が訊いた。

「仙台藩の酒蔵が続けて焼けてしもて、酒を運んでくれっちゅう頼みがあったんですわ。こらまあ、おいしいつとめですんで」

船頭が答えた。

「なるほど。それであえて冬場でも東廻りなのだな」

得心がいった顔で、角之進が言った。

「そうですねん。綿入れの古着もええあきないになるんで、無事に運べばだいぶ利になります」

と、巳之作。

「お上(かみ)から諸国廻りはんの足をつとめる手間賃も出ますんで」

寅三が笑みを浮かべた。

「それから、大坂からの文によれば、このたびはかつてゆくえ知れずになった船の弔い合戦だという由」

角之進が言った。

「そうですねん。もう十年あまりも前ですねんけどな」

巳之作の表情が曇った。

「恵比寿丸に乗ってた船乗りのせがれが二人、この船に乗ってますねん」

寅三が伝えた。

「文でほのめかされていたが、やはりそうか」

角之進はうなずいた。

「へえ、それで……」

船頭はほかの船乗りの顔をちらりと見てから続けた。

「いま、弔い合戦て言わはりましたが、せがれらの前では使わんといておくれやっしゃ。まだおとっつぁんが生きてると思てますんで」

巳之作はそう言った。

「ああ、なるほど。父がゆくえ知れずになった能登の沖で何か手がかりをという心持ちがあるわけだな」

角之進はそう察しをつけた。

「そのとおりで」

船頭がうなずく。

「どこぞの島にでも流れ着いて、そこで暮らしているという一縷(いちる)の望みはあるからな」

左近が言った。

「能登の沖のほうには舳倉島(へぐらじま)っちゅう島もありますよってに」

楫取の丑松が言った。

「そうか。それなら、せがれたちも望みを持つわけだ」

角之進は両手を軽く打ち合わせた。

「まあとにかく、船のほうのつとめが一段落したら引き合わせますんで」

船頭が言った。

「承知した。待っておる」

諸国廻りは右手を挙げた。

四

仙台藩に運ぶ酒樽などの荷積みは終わっていた。あとは古着だ。

「ええ着物やな」

「みちのくの人ら、そら喜ぶで」

荷積みをする者たちの声が響く。

富田屋の小船で、荷は次々に運ばれてきた。菱垣廻船問屋にとってもここはかせぎどころだ。

そんな活気のある千都丸の作業が一段落し、凪のような時が来た。

諸国廻りたちの船室に、巳之作と丑松につれられて二人の船乗りが入ってきた。親仁の寅三は水主たちへの指示で手が離せないようだ。

「わてらが足をつとめさせてもろてる諸国廻りはんや、あいさつしい」

巳之作が二人の若い船乗りにうながした。

「へい、碇捌の源太郎で」

よく日焼けした若者が名乗った。

「おまえもや」

今度は丑松が身ぶりで示した。

「へ、へい、あの、水主の松次で」

さらに若い船乗りがいくぶん上気した顔で言った。

「諸国廻りの飛川角之進だ。よしなにな」

角之進はそう告げると、左近のほうを見た。

「補佐役の春日野左近だ」

左近も名乗る。

船室の隅のほうには草吉も控えていたが、影のような男が名乗ることはない。

「源太郎は恵比寿丸の船頭やった子之吉はんのせがれや。わいも若いころ、よう世話になったもんや」

やや遠い目で巳之作が言った。

「いまはひとかどの碇捌やさかいにな」

丑松が言う。

「いや、善次郎はんに比べたら駆け出しで」

源太郎は一から教わった船乗りの名を出した。

「上に兄ちゃんがいるねんけど、船乗りは嫌やて言うて、次男が継いでますねん」

千都丸の船頭が言った。

「おとっつぁんはどういう役だったんだ？」

角之進が訊いた。

「へい、恵比寿丸の楫取をやらせてもろてました」

松次は自慢げに答えた。

「そうか。修業を積んで、父のような船乗りになれ」

諸国廻りは励ました。

「へい」

若い船乗りの声に力がこもった。

「あの、諸国廻りさまに頼みごとが」

今度は源太郎がおずおずと右手を挙げた。

「何なりと申せ」

角之進は表情をやわらげた。

「わいは夢に見ましたんや。恵比寿丸はまだ航海を続けてる。お父はんも、ほかの船乗りはんらも無事や。どうか諸国廻りさまのお力で、恵比寿丸を見つけてくださいまし」

恵比寿丸の船頭のせがれはそう訴えた。

「そら、そやったらええけどな」

千都丸の船頭がわずかに苦笑いを浮かべた。

「まだどこぞの島で暮らしてると思たほうがええで」

丑松がやんわりとたしなめた。

「そやけど、夢に見ましてん。真に迫(せま)った夢やった」

源太郎はそう言い張った。

「それ、わいは信じてます」

松次が言った。

「おおきにな」

源太郎が軽く両手を合わせた。

同じ恵比寿丸の船乗りのせがれだ。心が通じ合うものがあるらしい。

「分かった。能登の沖で探すことにしよう」

角之進はそう請(う)け合った。

「よろしゅう頼みます」

「どうかよろしゅうに」

若い船乗りたちの声がそろった。

五

千都丸の荷積みは順調に進んだ。

富田屋のあるじの仁左衛門も、諸国廻りへのあいさつがてら、番頭とともに様子を見に来た。

「もうあらかた終わりましたな。あとは日和を選んで錨を上げるだけで」

菱垣廻船問屋のあるじが言った。

「冬場は海が荒れると、さんざんおどかされておるわ」

角之進は笑みを浮かべた。

「いや、本当に神頼みです」

仁左衛門は軽く両手を合わせた。

「このたびは仙台藩のあきないがありますので」

番頭が言う。

「本来ならそこで引き返すところだが、みちのくと蝦夷地の海峡を通って能登の沖まで行ってもらわねばならぬ。世話をかけるな」

諸国廻りは菱垣廻船問屋の労をねぎらった。

「いや、手前どもは荷積みを請け負っているだけで」

仁左衛門はそう言うと、歩み寄ってきた船頭のほうを見た。

「わてらが気張りますさかいに」

巳之作が白い歯を見せた。

「われらが頼りにしている宮司によると、能登の沖までは滞りなく船が至るようだ」

角之進は告げた。

「そら、何よりで」

船頭が答える。

「それなら安心ですね、旦那さま」

富田屋の番頭が言った。

「そうだね。ひと安心だ」

仁左衛門は胸に手をやった。

「能登の沖で何があるかにもよるが、今度江戸へ帰るのは正月あたりだろうか」

角之進はあごに手をやった。

「さあ、どうでっしゃろ。大坂へは正月までに帰りたいとこですがな」

巳之作が言う。

「もし大坂で正月なら、うまいものを食わせてくれ」

角之進は笑みを浮かべた。

「そらもう、大歓待でっせ」

千都丸の船頭が破顔一笑(はがんいっしょう)した。

六

「よっしゃ、帆を張れ」

巳之作の声が甲板に響きわたった。

「へい」

「承知で」

船乗りたちが小気味よく答える。

諸国廻りを乗せた千都丸は、いよいよ錨を上げた。

これからまた長い航海が始まる。

まずは下田の湊で風待ちをし、房州から難所の犬吠埼を廻る。潮が東へ東へと流れているから、岸から離れすぎると剣呑だ。犬吠埼を切り抜けても安閑としてはいられない。鹿島灘でもこれまであまたの船が難破の憂き目に遭ってきた。

「気ィ入れて行け」

親仁の寅三が若い船乗りに言った。

「へいっ」

だれよりも大きな返事をしたのは、水主の松次だった。

もう一人、父の恵比寿丸を探しにいく碇捌の源太郎も持ち場についている。鉢巻きをきりりと締めた凛々しい姿だ。

角之進たちは船室に下がった。

「揺れるから、剣術の稽古もできぬな」

諸国廻りが言う。

「無理に稽古をすることもあるまい」

左近が渋く笑った。

「おぬしはどうしている。ときどき姿を消すが」

角之進は草吉に問うた。

「人がいないところで逆立ちなどを」

草吉は表情を変えずに答えた。

「見とがめられて怪しまれるな」

と、角之進。

「はい」

忍びの心得のある者は短く答えた。

ほどなく、食事が運ばれてきた。

「おお、達者でやってるか」

角之進が声をかけた。

運んできたのは、若い炊（かしき）の三平（さんぺい）だった。

「へい、やらしてもろてます」

三平は笑みを浮かべた。

「もう船酔いはせぬか」

今度は左近がたずねた。

「だいぶ慣れました」

若い船乗りは白い歯を見せた。

前に釜石まで乗ったときは、初めのうち船酔いで蒼い顔をしていたものだ。

「そうか。うまいもんをつくってくれ」

「へいっ」

三平はいい声で答えて下がっていった。

飯と汁に刺身と香の物。ただそれだけの食事だが、船旅では何よりだ。

「平目だな。さすがにうまい」

角之進が笑みを浮かべた。

「行く先々の海の幸が食えるからな」

左近が箸を動かす。

「そのうち鮟鱇なども出るやもしれぬ」

角之進が期待をこめて言った。

「常陸の国に無事至ればな」

と、左近。

「一つずつ難所を越えて、能登の沖まで至るしかあるまい」

諸国廻りはそう言うと、身の締まった刺身をこりっと嚙んだ。

第三章　蝦夷地廻り

一

難所はどうにか切り抜けた。

犬吠埼を廻り、鹿島灘に出たあたりで波が高くなった。千都丸はやむなく帆と錨を下ろし、嵐が静まるのを待った。

波をかぶり、いくらか水が入ったが、みなで力を合わせてかき出して事なきを得た。諸国廻りの一行も手を動かした。危難の際には一人の船乗りだ。

再び錨を上げて那珂湊に入った。角之進と左近は鮟鱇料理に舌鼓を打ち、英気を養った。

次なる難所の勿来の沖をしのぎ、荒浜で荷の半分を下ろした。残りの半分を石巻で下ろすと、千都丸は急に身軽になった。

仙台藩の役人からはずいぶんと感謝された。酒蔵が続けざまに焼けて難儀をしていたところ、江戸から酒樽をたくさん運んできた菱垣廻船は救いの神のごときものだった。

再び錨を上げた千都丸は、慎重に航海を続け、釜石に至った。前回はここで船を下り、陸中閉伊に向かったから、諸国廻りにとってはここから先が未知なる海域ということになる。

釜石では、浜屋という宿に立ち寄った。旅籠だが、料理だけ食すこともできる。前はここで別れの宴を張ったゆえ、諸国廻りはなじみの顔だ。

「どんこに脂が乗ってきたな」

名物の鍋を食しながら、角之進が言った。

「おう、前に食ったときよりうまい」

左近が笑みを浮かべた。

どんこと言っても椎茸ではない。エゾイソアイナメという三陸でよく獲れる魚の呼び名だ。

寒くなると脂が乗ってことのほかうまくなる。この魚をぶつ切りにして、人参、蒟蒻、葱、里芋、豆腐などとともに味噌仕立てのつゆで煮る。寒い時季にはこたえられないどんこ鍋だ。

「残ったつゆでおじやをつくってもうまそうだ」

角之進が言う。

「うどんもいいぞ」

左近も和した。

そんな按配で、諸国廻りとその補佐役はすっかり満足して浜屋を出た。

千都丸に戻る途中で、一人の雲水とすれ違った。

いくらか歩いたところで、読経の声が響いてきた。

角之進は思わず振り向いた。

雲水も歩みを止めた。

読経の声が高まる。両手を合わせて祈る。

網代笠で隠され、表情までは読み取れないが、声の調子にある感情を読み取ることができた。

それは、恐れだった。

二

宮古や鮫に立ち寄り、いったん青森の湊に入った。

「あとは海峡を越えて、蝦夷地へ渡るだけだな」

角之進が巳之作に言った。

「へえ、ここからは北前船で」

千都丸の船頭が答えた。

「ここまで来たら、まあひと安心ですわ」

寅三が胸に手をやった。

「いや、海峡は潮の流れが速いさかい、まだまだ難所は続くで」

巳之作は引き締まった顔つきで言った。

「へえ、気ィ引き締めていきまひょ」

寅三は答えた。

「蝦夷地へ渡ってからの段取りは？」

角之進が訊いた。

「そら、稼ぎどころですさかいにな。昆布やら鰊（にしん）やら、沢山（ようけ）仕入れて行く先々で売りさばきますねん」

巳之作は先のことまで含めて答えた。

「蝦夷地には古着を売るのか？」

今度は左近がたずねた。

「着物（べべ）も売りますけど、銭になるのは塩でんな。瀬戸内のええ塩を積んでますさかいに」

船頭が笑みを浮かべた。

「魚を塩漬けにしたら保（も）ちが良うなりまっしゃろ？　そのための塩がよう売れますねん」

寅三が説明した。

「なるほど。あきないのしどころだな」

角之進はうなずいた。

「そら、浪花屋の身代（しんだい）がかかってますさかいに」

千都丸の船頭は胸を張った。

青森で風待ちがあったため、若い船乗りたちはいったん船を下りた。ここで英気を養い、蝦夷地に渡ってから気張らせようという船頭の肚づもりだ。

諸国廻りの一行も、むろん千都丸を下りた。ゆくえ知れずになった恵比寿丸の船乗りのせがれたちを見かけたので、目についた飯屋に誘うことにした。碇捌の源太郎と水主の松次だ。

「どうだ、ここまでは」

角之進が訊いた。

「へえ、なんとかしのいできました」

源太郎が海の男の顔で答えた。

「おまえはどうだ」

松次に問う。

「まだ船酔いしたりするんで、情けないことで」

若い船乗りは額に手をやった。

「その一つ一つが学びだからな」

角之進はそう言って、湯呑みに注がれた酒を呑んだ。

ここで料理が運ばれてきた。

貝焼き味噌だ。

帆立貝の身を殻から外し、味噌を味醂と酒で溶いて殻に入れて火にかける。そこに身とひもと白子を投じ入れ、火が通ったところで玉子を回しかけてあつあつのうちに食す。

「これだけでも充分に美味だが、飯があればなおうまかろう」

角之進が笑みを浮かべた。

「せば、お持ちしますけ」

おかみがすぐさま動いて、ほかほかの飯を持ってきた。

「おお、うまいな」

左近が相好を崩した。

「ほんま、ええ味で」

「船に乗らんと食えん味や」

二人の船乗りも満足げだ。

草吉の姿はない。どこぞで何か食べているのだろうが、影のような男だから気配はなかった。

鱈のじゃっぱ汁も出た。

こちらも味噌仕立てで、鱈のほかに大根や人参や葱などがふんだんに入っている。

「ちゃんとあくを取っているな」

料理人の顔で、角之進は言った。

「うん、臭みがない」

左近がうなずく。

「生姜汁を入れてるのかもしれん」

角之進はそう察しをつけた。

おかみにたずねたところ、果たしてそのとおりだった。

「そんなとこまで分かるんですな」

源太郎が感心の面持ちで言った。

「大したもんで」

松次も和す。

「なに、料理人にとっては、いろはの『い』のようなものだ」

角之進は白い歯を見せた。

「船乗りが甲板でぐっと腰を落として踏ん張るようなものだな」

左近がよく張った太腿をたたいた。

揺れや風に負けぬように、しっかりと根を張るように甲板を歩かねばならない。

「へえ、明日からまた踏ん張っていかんと」

源太郎が言った。

「能登の沖まで、どうあっても行かんとあかんさかいに」

松次も引き締まった顔つきで言った。

「おれも能登の沖でつとめがあるからな」

諸国廻りも言う。

「いったい何が待ち受けてるんでっしゃろ」

源太郎が問うた。

「さあ、それはばっかりはまだ分からぬ」

角之進は首を横に振った。

三

風が収まった。

それでも潮の流れは速い。津軽海峡をいかに渡るか、船乗りの腕の見せどころだ。

巳之作を船頭とする千都丸の船乗りたちの腕はたしかだった。むやみに潮に流されることもなく、菱垣廻船は無事海峡を渡り、松前の湊に着いた。

ここでは塩や古着などを売り、おもに昆布を仕入れる。飛び切り上物の蝦夷地の昆布だ。

「これが船に乗ってほうぼうへ運ばれていくわけだな」

湊へ視察に出た諸国廻りが言った。

かたわらには左近もいる。

「日の本のおもだった湊へ運ばれていきます」

松前藩の役人が答えた。

「薩摩から琉球などへも行くと聞いたが」

と、角之進。

「そうらしいです。琉球の人は蝦夷地の昆布をよく食べるのだとか」

役人は答えた。

「えらいもんですな。船乗りより長旅や」

場に居合わせた親仁の寅三が言った。

「そもそも、海で採ってから船に積まれるまでに時がかかりますので」

案内役の役人が言った。

「手間暇をかけて品になるわけだな」

今度は左近が言った。

「さようです。昆布はまず浜で裏表を乾かします。このときに雨に濡れたら品にならないので、空模様を見ながらのつとめになります」

昆布づくりにくわしい役人が言った。

「万が一、雨に降られたらそこで終わりか」

角之進が問うた。

「いえ、それはあんまりなので、番屋に運び入れて濡れないようにします。番屋にはいくたりも寝泊まりしていますから」

松前藩の役人が答えた。

「干し終えた昆布を船に運び入れるわけだな」

と、左近。

「いや、まだまだかかりますねん」

寅三がすぐさま右手を挙げた。

「蔵で寝かせんことには、いい昆布にはなりません。なまら（たいそう）時がかかりまして」

役人は地の言葉をまじえて言った。

「ええもんは、五年、十年とかかりますねん。なかには、畏れ多くも上様に献上する品もありますねんで」

寅三は自慢げに言った。

「そうか。それはほまれだな」

角之進は笑みを浮かべた。

その脳裏に、実父である将軍家斉の顔がだしぬけに浮かんだ。

「もちろん、江戸へ行くまでに、瀬戸内を通って大坂へもええ昆布を届けますさかいに」

寅三が言った。

「こたびはその前に越えねばならぬ峠があるな」

角之進の表情が引き締まった。

「能登の沖の峠だ」

左近が言う。

「能登の沖の峠ですか？」

松前藩の役人がいぶかしげな顔つきになった。

「いや、符牒のようなものだ」

諸国廻りはそう言ってごまかした。

四

良質の昆布をふんだんに積みこんだ千都丸は、蝦夷地を離れて航海を続けた。

十三湊と深浦を経て、土崎の湊に至る。いまの秋田港だ。

ここでは米や杉などが積みこまれる。船乗りたちが励んでいるあいだ、諸国廻りとその補佐役はいったん船を下り、評判のいい見世を訊いて地のうまいものに舌鼓を打った。

刺身と煮物、地の魚もうまかったが、いささか面妖なかたちの料理も美味だった。

「これは何という料理だ、おかみ」

胡桃味噌をたっぷり塗って香ばしく焼きあげたものをかざして、角之進が問うた。

「へえ、味噌つけのたんぽで」

おかみは答えた。

「たんぽではなく、たんぽか」

と、角之進。

「んだっす。あるじが鹿角(かづの)の出で」

おかみはそう前置きしてから、たんぽという料理の説明を始めた。

槍の稽古をするとき、相手を傷つけないように刃先を覆う。綿を丸めてさらに布で覆ったものを装着するのだが、これをこの土地ではたんぽと呼ぶらしかった。

「半殺しの飯さ、杉の板に巻ぎ付けで焼ぐのがたんぽ焼きで」

おかみはそう説明した。

「半殺しだと？」

左近がいぶかしげな顔つきになった。

「へえ、半分つぶした半殺しで」

おかみは身ぶりをまじえた。

「ああ、それを半殺しと言うのか」

左近は苦笑いを浮かべると、味噌が香ばしいたんぽ焼きをまた胃の腑(ふ)に落とした。

「しかし、うまいなこれは。いくらでも食べられそうだ」

角之進は笑顔だ。

「んだっす。みな好物で」

おかみも人の好い笑みを浮かべた。

諸国廻りと補佐役は、おかみが下がったあともさらにたんぽ焼きを味わった。魚料理もそうだったが、これでもかという量が出ている。

「山仕事の弁当の代わりにもなりそうだな」

左近が言った。

「なるほど。味噌を持参して火を熾して焼けばいいんだからな」

なおもたんぽ焼きを味わいながら、角之進は答えた。

ふとかたわらに目をやる。

さほど大きからぬ嚢がそこに置かれていた。

その中に入っているものを、角之進は想った。たんぽ焼きと同じかたちではないが、縦に長いところは似ている。

さすがに呑み食いをするときは邪魔になるゆえ下ろすが、ゆめゆめ忘れたりせぬよう、つねに気に留めている。荒波を乗り切り、こたびのさだかならぬつとめを首尾よく果たすためには、大鳥居大乗宮司から託された神杖が頼りだ。

この世の要石とも言うべき社の祭神の分霊を宿している。恐らくは「時」に関わるただならぬ暗雲を払うためには、この神杖に頼るしかあるまい。角之進はそう考え

ていた。

「そういう山人（やまびと）の知恵が伝わったのかもしれぬな」

左近がそう言って、地の酒をきゅっと呑み干した。

米どころは酒もうまい。

「おそらくはな。このたんぽは鍋に入れてもいいかもしれぬ」

料理人の顔で、角之進は言った。

「鍋か……それはどうかな」

左近は首をひねった。

「葱などの野菜をふんだんに入れ、いいだしで煮ればきっとうまいぞ」

角之進はそう言うと、残りの焼きたんぽをわしっとほおばった。

比内鶏（ひないどり）が生まれ、きりたんぽ鍋が食されるようになるのは、まだかなり先のことだった。

五

土崎港を出た千都丸は、次の寄港地の酒田（さかた）を目指した。西廻り航路の起点となる大きな湊だ。

しかし……。

冬の波は荒かった。潮の流れも速い。千都丸はにわかに荒海にもまれだした。

「あかん、風待ちや」

船頭の巳之作が言った。

「飛島（とびしま）へ向かいまひょ」

親仁の寅三が進言した。

「そやな。沖合の飛島で風待ちや」

巳之作は断を下した。

「よっしゃ。飛島や。風待ちするで」

寅三が大音声で叫んだ。

「へいっ」

碇捌の源太郎が真っ先に答えた。

海が荒れたら、碇捌の腕の見せどころだ。恵比寿丸に乗っていた父から継いだ海の男の血がたぎる。

水主たちも果断に動いた。もう一人、恵比寿丸ゆかりの松次も、胴に命綱を巻いて帆を下ろす。

だんだんに時化が激しくなり、ずいぶんと揺れたが、千都丸は座礁することもなく飛島の湊に入った。これでひと安心だ。

その日の夕餉は船室で食べることになった。

「釣りたての寒鮃の刺身です」

炊の三平が運んできた。

「おお、これは脂が乗ってうまそうだ」

角之進はさっそく箸を取った。

「このあたりはいい魚が獲れそうだな」

左近も続く。

「へえ。鯛とかもよう獲れます。あたたかい流れが南から来て、北の冷たい水とぶつかるとこですよってに」

三平は答えた。

刺身を味わいながら夕餉を進めていると、船頭の巳之作と楫取の丑松が顔を見せた。

「だいぶおさまってきましたな」

巳之作が言った。

「一時はどうなることかと思いましたけど」

丑松が額に手をやる。

「ならば、明日には出航できそうか」

角之進が問うた。

「いや、明日はまだ待ちですわ」

と、巳之作。

「雨は上がっても、風待ちに時がかかりまっしゃろ」

丑松が言う。

「うまいことといっても、あさってで」

「それまで待っててておくれやっしゃ」

海の男たちが言った。

「では、雨が上がったら島へ下りてみていいか。島内を散策してみたい」

角之進は乗り気で言った。

「諸国廻りは検分がつとめだからな」

と、左近。

「そうだ。散策ではなく、つとめだ」

角之進は笑みを浮かべた。

「へい、そらもうよろしゅうございますんですが、飛島には行かんといてもらいたいとこがあるんですわ」

巳之作がややあいまいな表情で言った。

「遊郭か何かか」

左近が訊いた。

「いや、そんなんとちゃいますねん」

船頭はすぐさま答えた。

「賽の河原でんな、船頭はん」

丑松が言った。

「そや。若いもんにもよう言うといてくれ」

巳之作の顔つきが引き締まった。

「へい、承知で」

丑松が答えた。

「賽の河原と言うと？」

諸国廻りは身を乗り出した。

「行ったらあかんと言われてるとこなんですわ。こぶしくらいの丸い石が沢山（ようけ）打ち上げられてるとこで、島の人らは、死んだもんのたましいが集まるて言うて近づきまへん」

船頭は眉根を寄せた。

「死んだ者のたましいが集まると」

角之進は少し声を落とした。

「あそこに積まれた石は、崩してもいつのまにか元どおりになってるて言われてま」

楫取の顔には恐れの色が浮かんでいた。

「賽の河原へ行って、石を持って帰ったりしたら、必ず悪いことが起きますねん。そやから、あそこへは行かんといておくれやっしゃ」

船頭の声に力がこもった。

「分かった。そこだけは近づかぬようにしよう」

角之進がそう約すと、船乗りたちは安堵した顔つきになった。

第四章　能登まで

一

角之進と左近はいったん船を下り、島人と魚談義をしながら酒盛りをした。

むろん、行くなと言われた賽の河原に足を踏み入れることはなかった。その名を出すと、島人はこぞって表情を変えた。

「あそごさ行ぐやつはいねえ」

「んだ、んだ」

いままで笑っていた島人の顔には、強い恐れの色が浮かんでいた。

「死者のたましいが集まると聞いたが」

角之進はなおも賽の河原の話をしようとしたが、島人たちは乗ってこなかった。

諸国廻りは思った。

日の本じゅうに巣食う悪しきものばかりでなく、つねならぬもの、人ならざるものとも戦わねばならぬ。わがつとめながら、尋常ではない。

実際に、角之進は人ならざるものと戦い、九死に一生を得たこともあった。少しずつ能登が近づいてくる。その沖で何が待ち受けているのか、これは赴いてみなければ分からない。

思えば、遠くまで来た。尋常ならざるつとめを背負ったおのれという船がこの先どこまで流されていくのか、むろん知る由もない。

もし万が一、大怪我をして容易に動けぬような体になってしまったら、おみつと王之進と語らいながら余生を過ごしたきものだ。角之進はふとそんなことを思った。

慎重に風を待ち、千都丸が飛島を出たのは、三日後のことだった。

抗う潮と波を乗り切り、千都丸は無事、酒田の湊に着いた。

廻船問屋だけで百軒近くある栄えた湊だ。浪花屋の船乗りたちは、ここぞとばかりにあきないをした。

積み荷を高く売り、いい品を安く仕入れる。その繰り返しで利が積み重なっていく。

鍛冶屋だけで六十軒ほどある酒田では刃物づくりが盛んだ。このたびは廻る順が違うが、蝦夷地へ向かうときは大量に仕入れて売りさばく。蝦夷地で用いられている打刃物の大半は酒田産だ。

次の寄港地の佐渡でも打刃物は重宝される。巳之作をはじめとする千都丸の面々は、あきないの才覚を活かしていい品を仕入れていた。

酒田は木材の積み出し港としても知られていた。杉などの良質の木材は上方に運ばれ、物持ちの屋敷などに使われる。

浪花屋の者たちがあきないをしているあいだ、諸国廻りたちは船を下りて羽を伸ばす。町の見廻りという名目だが、地のうまいものを食して来るべきつとめに備えようという肚づもりだ。

左近とともにふらりと入った見世では芋煮が出た。ここいらではごくありふれた料理らしい。

「里芋と蒟蒻と焼き豆腐と葱。具はこれだけだが、実にうまい」

角之進が相好を崩した。

「素朴な味わいがするな」

左近も舌鼓を打つ。

鱈のどんがら汁も出た。

鱈の身とはらわたをぶつ切りにし、あくを取りながらぐつぐつ煮る。ここに大根を投じ入れ、味噌と酒粕を溶かし入れる。

さらに豆腐を加え、仕上げに葱を入れてさっと煮れば出来上がりだ。

「これは冬場にはもってこいだな」

角之進が言った。

「酒粕も入ってるから、身の芯からあたたまるわ」

左近が笑みを浮かべた。

いくらか離れたところで味わっていた草吉も、珍しく表情をわずかにほころばせた。

「いまのうちに、こういったうまいものを食っておかねばのう」

諸国廻りが言った。

「死地にでも行くかのようだな」

その補佐役が半ば戯れ言めかして言った。

「死地か……そうかもしれぬぞ」

角之進の表情が引き締まった。

二

酒田を出た千都丸は、佐渡に渡って小木(おぎ)の湊に着いた。

飛島の風待ちで遅れたから、ここは荷を下ろしたらすぐ出て直江津(なおえつ)に向かった。

「佐渡見物もしたかったが、やむをえぬな」

船内で飯を食いながら、角之進が言った。

「佐渡の魚で我慢しよう」

左近はそう言って箸を動かした。

飯に沖汁(おきじる)、それに、焼きかますと茄子(なす)の煮浸しが出ている。

「魚のだしのしみた汁がうまい」

角之進が白い歯を見せた。

「魚のほうも美味だ」

左近も笑みを浮かべた。

船乗りが沖でつくるから、沖汁という名がついた。助惣鱈(すけそうだら)をさばいて、身と肝を煮て味噌で味つけをする。ここで魚と汁に分けるのが骨法(こっぽう)だ。魚のほうは醤油をつけて食し、汁には大根や葱などを入れる。

「かますもうまい」

角之進の箸が煮浸しのほうに伸びた。

焼いたかますを水煮にし、水気を切ってから煮浸しにする。醬油と味醂と酒、いたってありふれた味つけだが、これでほっとする味になる。

「煮合わせた茄子もうまいな」

左近も和す。

そんな調子で、佐渡を離れた諸国廻りの一行は、滞りなく直江津の湊に入った。

いくたびも大火に遭ったが、そのたびに立て直してきた大きな湊町だ。千都丸の船乗りたちはここでもあきないに余念がなかった。

諸国廻りの一行は久々に船を下り、地元の見世で呑み食いをした。

肴に出たのは、のっぺという越後の地の料理だった。

里芋、人参、蒟蒻、蒲鉾、椎茸、塩鮭などを拍子木切りにして、ほっこりと茹でてイクラを散らす。聞けば、慶事には拍子木切り、弔事には乱切りと切り方を変えるのだそうだ。

「のっぺい汁とはまた違うのだな」

のっぺを肴に地の酒を呑みながら、角之進が言った。

「のっぺい汁は片栗粉でとろみをつけたやつだな」

と、左近。

「うむ。こちらののっぺは、里芋のとろみだけを活かしている。そのあたりが大きな違いだ」

角之進はそう言って、猪口の酒を呑み干した。

越後は酒どころだ。出された酒はまた格別だった。

「次は越中富山か。能登が近づいてきたな」

左近も酒を干す。

「越中でもあきないがあるだろうが、能登は岬をぐるっと廻らねばさしたる寄港地がない」

角之進が答えた。

「ならば、一気に沖まで行くか」

「それは風と波次第だろう。船乗りたちに任せるしかあるまい」

諸国廻りは引き締まった顔つきで答えた。

三

越中富山に着いた。

千都丸の面々が岩瀬(いわせ)の湊であきないをしているあいだ、諸国廻りの一行は見世を探しがてら散策した。

「立山(たてやま)連峰が神々しいばかりだ」

角之進が山のほうを指さした。

「もうだいぶ冠雪(かんせつ)しているな」

左近がいくらか目を細くした。

「そのうち吹雪(ふぶき)に襲われるかもしれん」

と、角之進。

「越前のあたりはずいぶん降るらしいからな」

左近が空を見上げて言った。

草吉もいるが、表情を変えずに付き従っているだけだ。こたびはどこも探るところがない。忍びの心得(こころえ)のある小者はいささか退屈そうだった。

そのうち見世が見つかった。

江戸なら煮売り屋の構えで、構えた見世ではないが、とりあえず酒と肴にはありつけそうだ。

湊で働いているとおぼしい男たちが車座になって呑んでいた。見慣れぬ客のほうへ鋭い一瞥をくれる。

煮奴ができるようだから頼んだ。豆腐をだしで煮ただけの料理で、江戸でも出る。

ただし、取り分けてからおぼろ昆布を載せるのが珍しかった。

「これはなかなかいけるな」

角之進が言った。

「うむ、存外に合う」

左近も和す。

「北前船が運んできたおぼろ昆布だっちゃ」

次の料理を運んできたおかみが愛想よく言った。

「われらはその船に乗ってきたのだ」

角之進が告げた。

「蝦夷地にも寄ってきたぞ」

と、左近。

「お侍さんが船に」

おかみはいぶかしげな顔つきになった。

「侍にもいろいろあるのだ」

角之進は笑ってごまかした。

運ばれてきた料理は鮎の押し寿司だった。ただし、いささか臭みが残っていて、あまり芳しいものではなかった。

「早寿司もいいものだが、これはちょっと」

角之進は顔をしかめた。

「かつては富山藩の藩士が将軍吉宗公に献上し、おほめにあずかったそうです」

地獄耳の草吉が、にこりともせずに伝えた。

「そうか。伝統ある料理なのだな」

角之進がうなずく。

「神通川では、ほかにも鱒などが獲れるようです」

草吉がさらに言った。

「鱒の早寿司などもうまそうだ」

左近が笑みを浮かべた。

「なるほど。それは越中富山の名物になるやもしれぬ」

角之進はそう言って、猪口の酒を呑み干した。

鱒寿司が富山を代表する名物になるのは駅弁に採用されてからだから、まだまだずっと先の話だった。

四

岩瀬を出た千都丸は、同じ越中の伏木（ふしき）の湊に立ち寄った。

船問屋が七軒、より小ぶりの船宿も何軒かある栄えた湊町だ。

昼餉（ひるげ）が終わった頃合いに、船頭の巳之作と親仁の寅三が恵比寿丸ゆかりの二人の船乗りとともに諸国廻りのもとへやってきた。

「おう、いよいよ能登が近づいてきたな」

角之進が先に声をかけた。

「へえ、あとは奥能登の中居（なかい）で風待ちをして、がっと能登の沖へ出て行こうと思てます」

船頭は気の入った声で答えた。

「ほんで、こいつらが妙なことを言いだしましてん」

寅三が源太郎と松次のほうを手で示した。

「妙なこと？」

角之進が訊く。

「へえ、真に迫った夢を見たと」

寅三が答えた。

「お父はんが恵比寿丸に乗ってましたんや」

源太郎が告げた。

「その話は船出の前にも聞いたが」

角之進はいぶかしげな顔つきになった。

「また見ましてん。こいつもおんなじ夢を」

源太郎は松次を指さした。

「へえ、嘘やおまへん」

松次はこわばった顔つきで言った。

「で、どうあっても諸国廻りはんにお伝えせねばと言いますもんで、つれてきた次第なんですわ」

船頭はいくらかあいまいな顔つきだった。

「様子はどうだったんだ？」

角之進は問うた。

「へえ、真に迫った夢で、お父はんの顔が見えました。ただ……」

源太郎はそこで言いよどんだ。

「ただ、どうしたんだ？」

角之進は先をうながした。

「怖い顔で、『おまえら、来んとけ』って言いましてん」

源太郎の顔には恐れの色が浮かんでいた。

「来るな、と」

角之進が言う。

「へえ。ほんまに怖い顔で、『来んとけ』って言わはったんですわ」

源太郎は引き攣った顔つきで告げた。

「わいも見ましてん」

松次が続いた。

「お父はん、夢のお告げをくれはったんや」

父が恵比寿丸に乗っていた水主（かこ）は熱っぽく言った。

「夢のお告げか」

角之進は腕組みをした。

かつて、浪花屋の大おかみのおまつが夢のお告げを得て、女人禁制の弁才船（べざいせん）に男装で乗りこんだというひと幕があった。大した度胸だが、その「肝っ玉千都丸」は上々の首尾（しゅび）だった。

しかし……。

こたびは違う。大鳥居宮司（おおとりいぐうじ）から託されたものがあるとはいえ、ただならぬ暗雲が漂（ただよ）っている能登の沖へ赴（おもむ）かねばならない。不首尾に終わり、悲惨な幕切れを迎える懸念（けねん）も拭（ぬぐ）い去ることができなかった。

「へえ、そうだすねん。夢のお告げで」

松次がうなずいた。

「そら、ほんまに怖い顔やった」

源太郎が和す。

「目ェがおかしかったんやろ？」

巳之作が言った。

「へえ、そのとおりで。お父はん、真っ赤な目ェしとったんですわ」

源太郎はおのれの目を指さした。

「泣いていたのか」

角之進が問う。

その問いに、源太郎は首を横に振ってから答えた。

「ちゃいますねん。お父はん、鬼みたいな真っ赤な目ェになっとったんですわ」

「わいのお父はんも、ほかの船乗りはんも」

松次がおびえた声で言った。

「また鬼か」

左近が独りごちた。

「で、ちょっと怖気づいてましてな」

寅三が若い船乗りたちを手で示して言った。

「そうか。それは無理もあるまい」

角之進は腕組みを解いた。

「そんなわけで、恵比寿丸をわざわざ探しに沖へ出るのは剣呑やないかっちゅう話になってまんのや」

　船頭が言った。

「むろん、初めから無理をしてもらうつもりはない。浪花屋のあきないが一番の大事だからな」

　諸国廻りは答えた。

「そうでっか」

　巳之作はほっとした顔つきになった。

「ここで千都丸があかんようになってしもたら、浪花屋も終いですよってに」

　寅三も言う。

「そやけど……」

　源太郎がそこで言いよどんだ。

「申せ」

　角之進が先をうながす。

「へえ、また夢に出てきはって、何か言うてくれるかもしれへんので」

　あわよくば父と再会をという望みを抱いている源太郎は、未練ありげな様子だった。

「そのときはまた言うてくれ」

寅三が言った。

「へえ」

「承知で」

源太郎と松次、二人の若い船乗りの声がそろった。

「まあ、何にせよ、能登の岬をぐるっと廻らな、次へ進めまへんよってに」

船頭が諸国廻りに言った。

「風向きや潮の流れによっては沖へ流されてしまうと聞いたが」

角之進は答えた。

「そのとおりで。波の穏(おだ)やかな奥能登の湊で空模様を充分(じゅうぶん)に見極めてから出るっちゅう段取りですねん」

巳之作が告げた。

「承知した。そこで最後の陸上(おか)がりだな」

諸国廻りは笑みを浮かべた。

五

奥能登の中居（現・石川県鳳珠郡穴水町（ほうすぐんあなみずまち））は、北前船にとっては安らぐ湊だ。七尾（ななお）の北の内湾で、波はいたって静かだ。海の中に櫓（やぐら）を立て、鰡（ぼら）を獲る漁法は、日の本でもいたって古いやり方らしい。

諸国廻りの一行は、千都丸を下りて最後の英気を養った。

手ごろな料理屋に入ると、奥の座敷から海が見えた。

「かような穏やかな海が続くわけではなかろうな」

角之進はいくぶん目を細くした。

「暗雲の中へ突っ込んでいかねばならぬのだから」

左近がそう言って酒を呑み干した。

海ばかりでなく、山の幸も味わえる見世だった。能登はうまい松茸（まつたけ）が採れる。それと鴨（かも）を合わせた治部煮（じぶに）はまさしく口福（こうふく）の味だった。

「次はいつこんなうまいものが食えるかのう」

角之進が言った。

「それを楽しみに、乗り切るしかあるまい」

左近が笑みを浮かべた。

海の幸のほうは伊勢海老が丸ごと入った味噌汁だった。だしが存分に出ていて、これもたまらぬうまさだ。

満足して見世を出た角之進と左近は、なおしばし散策を続けた。

そのうち、小さな神社を見つけた。

「船の無事を祈るか」

左近が水を向けた。

「そうしよう」

角之進はすぐさま答えた。

古さびた社の境内からは海が見えた。

「嫌な雲もかかっていないな」

角之進は空を指さした。

「いまからどす黒い雲が見えたら、船が出ないぞ」

左近が笑う。

「そうか。それもそうだな」

角之進は苦笑いを浮かべた。

参拝するとき、背に負うた嚢（ふくろ）を下ろすかどうか迷った。

だが、結局背に負うたまま参拝することにした。

一礼するとき、嚢の中身をはっきりと感じた。

おみつと王之進の面影がだしぬけに浮かぶ。

どうか、首尾よくつとめを果たし、再び江戸の土を踏めますように。

諸国廻りは、心の底からそう願った。

第五章　黒鳥の群れ

一

「よっしゃ、船出や」

船頭の巳之作(みのさく)が気の入った声を発した。

「おう、気張っていこ」

親仁(おやじ)の寅三(とらぞう)がばちんと両手を打ち合わせた。

「へい」

「承知で」

若い水主(かこ)たちが、いい声で答える。

そのなかには、恵比寿丸(えびすまる)ゆかりの松次(まつじ)の姿もあった。

「待っててや、お父はん」

海に向かって言う。

もう一人、碇捌の源太郎も持ち場についていた。

引き締まった顔つきで行く手を見ている。

角之進と左近は甲板に立っていた。

凪は冷たいが、まだいたって穏やかだ。

「嵐の前の静けさか」

角之進が言った。

「宮司の見立て違いということはあるまいな」

左近が懐手をして言う。

「大鳥居宮司の見立てに違いはあるまい」

諸国廻りの表情が引き締まった。

千都丸は沖へ出た。

能登半島の東側をゆるゆると北上していく。

「帆を張るで」

船頭が言った。

「ええ風や」

「このまま一気に岬を廻りまひょ」

「おう、行ったれ」

船乗りたちの声が弾んだ。

しかし……。

進むにつれて、だんだん風が出てきた。棘のある冷たい風だ。

「寒くなってきたな。戻るか」

左近が船室に向かおうとした。

「そうだな」

後に続こうとした角之進は、ふと空を見た。

遠くのほうに、黒い雲が小さく見えた。

二

雷鳴が轟きだしたのは、その日の晩のことだった。

夜中に一気に岬を廻るのは剣呑だと判断した船頭は、いったん錨を下ろした。

「荒れてきたな」

船室で角之進が言った。

「雷がずいぶん鳴っている」

左近が腕組みをした。

「鳥も鳴いております」

隅のほうに控えていた草吉が告げた。

「鳥だと？」

角之進はいぶかしげな顔つきになった。

「おれの耳にはまったく聞こえぬが」

左近が渋く笑う。

「わたくしの耳には、たしかに聞こえます」

草吉は耳に手をやった。

忍びは余人には聞こえぬ音まで聞き分ける。草吉にだけ鳥の鳴き声が聞こえているらしい。

「どんな鳥だ」

角之進が訊いた。

「姿までは見えません」

当たり前のことを、草吉は表情を変えずに言った。

「さりながら……」

長く角之進に付き従ってきた小者は、そこで言葉を切った。

また雷鳴が轟く。

「ひどく不吉な声で鳴いております。鳥の目には、何かただならぬものが見えるのかもしれません」

草吉は言った。

「ひどく不吉な声か」

角之進は腕組みをした。

「はい」

草吉は短く答えた。

「ずいぶんおるのか」

左近がたずねた。

「おそらく……」

草吉は瞑目してから続けた。

「岬を埋め尽くすほどの数になっていると思われます」

「岬を埋め尽くすほどの鳥か」

左近の眉間にしわが浮かぶ。

「それはただならぬな」

角之進も顔をしかめた。

岬を埋め尽くす不吉な鳥の群れ。その先で蠢く雷雲と激しく波立つ海。その真っ只中へ赴かねばならない。

「尋常ならざることです」

草吉が言った。

表情こそ変わらないが、かすかな色は読み取ることができた。

それは、恐れの色だった。

三

千都丸は決断を迫られた。

夜は明けた。

夜通し鳴り響いていた雷鳴は収まり、雨は小降りになった。

波もさほどではない。

「どないします、船頭はん」

親仁の寅三が訊いた。

「そやな。いけるんとちゃうか」

行く手の空を見て、巳之作が答えた。

そこで諸国廻りが姿を現した。左近もいる。

「どうだ。錨を上げるか」

角之進が歩み寄りながらたずねた。

「そうでんな……」

沖をちらりと見てから、巳之作は続けた。

「行くなら、いまかもしれまへん」

千都丸の船頭は引き締まった表情で言った。

「そうか」

角之進はうなずくと、意を決したように嚢(ふくろ)を下ろし、中から神杖を取り出した。

「この日の本の要石となっている由緒正しき社の宮司から託されたものだ。この神杖があれば必ず危難を乗り越えることができる。安んじて船を出してくれ」

「それは、神がついているようなものだ」

左近が神杖を指さした。

「神さんがついてまんのか」

しばし思案していた巳之作は、何かを思い切ったような顔つきになった。

「ほな、出しまひょ」

船頭の声に力がこもった。

「そうしてくれ」

角之進が応じる。

「よっしゃ、船出や」

やり取りを聞いていた寅三が声を張り上げた。

「へいっ」

「行くで」

船乗りたちが答える。

「頼むぞ」

角之進も大声を出した。

「気張ってやります」

水主の松次が答えた。

「任しといておくんなはれ」

恵比寿丸ゆかりのもう一人、碇捌の源太郎が胸をたたいた。

四

千都丸は錨を上げた。

勇壮な菱垣廻船(ひがきかいせん)の帆は、ほどなく風を孕(はら)んだ。

「ええ感じや。このまま岬を廻ってまえ」

巳之作が手ごたえありげに言った。

「行けまっしゃろ」

寅三が和す。

「ほな、沖へちょっと出てから黒島(くろしま)まで一気に行こ」

千都丸の船頭は両手を打ち合わせた。

黒島（現・石川県輪島市）は北前船の寄港地だが、船頭や船乗りたちが住まう町でもあった。湊には見知った顔がいくつもある。

「よっしゃ、行くで」

親仁（水主長）の声が甲板に響いた。

「へいっ」

「承知で」

若い水主たちがいっせいに答えた。

再び暗雲が漂いだしたのは、岬が近づいた頃合いだった。

「揺れだしたぞ」

角之進が船室で言った。

「雷も鳴ったな」

左近が顔をしかめた。

そこへ草吉が戻ってきた。

「どうだ」

角之進が問う。

「やはり、岬のほうには不吉な鳥の群れが」

草吉はそう答え、雨に濡(ぬ)れた髷(まげ)を手で拭(ぬぐ)った。

「雲はどうだ」

角之進はさらに問うた。

「沖合のほうに、真っ黒な雲が見えました」

草吉は答えた。

「そうか」

諸国廻りはうなずいた。

「壁のごとき雲でした」

と、草吉。

「やはり、宮司の見立てどおりだな」

左近が言った。

「いよいよ正念場が近づいてきたな」

角之進がそう言ったとき、千都丸は大きく横へ揺れた。

五

左へ右へ、その後も船は揺れた。

さしもの角之進と左近も顔をしかめるほどの揺れだ。

そこへ、賄の捨吉が姿を現した。菱垣廻船内のもろもろのことを司る事務長だ。

「船頭はんとのつなぎに来たんですけど、やっぱり沖まで出んとあきまへんやろか」

捨吉の顔には懸念の色が浮かんでいた。

角之進は訊いた。

「沖へ出るのは剣呑か」

「へえ」

捨吉がそう答えたとき、また船がぐらりと揺れた。

「いかに諸国廻りの足とはいえ、無理をさせるわけにはいかぬな」

角之進は硬い表情で言った。

「沈んでしまったら元も子もないからな」

左近が苦笑いを浮かべた。

「そうですねん。もともとこのあたりは潮も気ィも流れがぶつかるとこで、廻るのに難儀させられますんや。恵比寿丸もそれでいかれてしもて」

捨吉の眉間にしわが浮かんだ。

「普通に航行しても、沖へ出てしまいかねないわけだな」

と、角之進。

「へえ、そのとおりで。そやさかい、わざわざ沖へ出んようにしたいと船頭はんが言うてますねんけど、どないでっしゃろな」

捨吉はたずねた。

「それは船頭の判断に任せるしかあるまい」

諸国廻りはすぐさま答えた。

「おおきに」

千都丸の賄は、一つ頭を下げてから続けた。

「下荷は秋田の木ィやら越後の年貢米やら、沢山入ってますさかい、まあ大丈夫やと思いますけどな」

捨吉はそう言って立ち上がった。

その拍子に船が揺れ、思わずよろめく。

草吉が素早く動き、賄の体を支えた。

「すんまへん」

捨吉は礼を述べると、慎重な足取りで船室から出ていった。

「いざとなれば」

角之進は嚢を背から下ろした。

その中身をたしかめる。

「それをかざせば、嵐も収まるか」

と、左近。

「ここぞというときにのみ用いるべし、と宮司からは言われている。先ほどは船乗りを勇気づけるために出して見せたが、かざすのはなるたけ我慢せねばな」

角之進はそう答えると、神杖の先端についた水晶玉に目を凝(こ)らした。

それはまだ冥(くら)いままだった。

いかなる像(すがた)も映(うつ)し出そうとはしなかった。

六

「沖へ流されてます」

水主の松次が必死の形相(ぎょうそう)で告げた。

「こらあかん」

親仁の寅三の顔つきが変わった。

「なんとかせんと、船頭はん」

寅三が声を張り上げた。

「風向きはどや」

巳之作が問う。

「読めまへん」

「えらい回ってますわ」

水主たちが答えた。

「よっしゃ、つかせや。帆を下げるんや」

巳之作はそう命じた。

「つかせや、つかせや」

「帆を下げるで」

船乗りたちが持ち場についた。

風が剣呑で、向かい風や横風にあおられるようになってしまったら是非もない。帆を下げて、風に逆らわないようにするしかなかった。

これを船乗りたちは「つかせ」と呼ぶ。荒海を乗り切るための知恵の一つだ。

「早(はよ)うせえ」

「何してんねん」

ぐらぐら揺れる甲板で怒号が飛び交う。

ややあって、千都丸の帆は下ろされた。

だが……。

嵐は収まる気配がなかった。

「なんちゅう雲や」

船頭が目を瞠(みは)った。

行く手の雲は、まるで聳く黒い壁のようだった。

「波も次々に来よりますで」

楫取(かじとり)の丑松が指さした。

「たらしはどないや、船頭はん」

寅三が水を向けた。

「ここでたらしか。あの雲を抜けられへんか」

巳之作の顔がゆがんだ。

嵐にもまれた船が座礁したり漂流したりしないように、錨を下ろして船を安定させることを「たらし」と呼ぶ。

ひとたび錨を下ろしてしまえば、引き上げるのに時がかかるゆえ、やむをえぬときにのみ用いる策だった。

しかも、嵐のいちばん激しいときに錨を下ろすのは剣呑だ。いつもなら碇捌は百戦錬磨の善次郎だが、このたびは恵比寿丸ゆかりの源太郎が担っている。果たしてうまく下ろせるか、船頭は不安を抱いていた。

「なら、もうちょっと待ちまひょか」

寅三が問うた。

「そやな。ここでたらしはやめとこ」

巳之作は答えた。

錨が海へ投じられることはなかった。

千都丸はさらに沖へ沖へと流されていった。

七

「どうだ。流されているか」

角之進は草吉に問うた。

船室にこもっていると船の様子は分からない。船乗りたちは持ち場のつとめが忙しく、顔を出してくれなくなった。ここは忍びの出番だ。

「しばしお待ちを」

草吉は瞑目して気を集めた。

その様子を、左近がじっと腕組みをして見守る。

ややあって、草吉は目を開けた。

「沖へ、沖へと」

角之進に長年付き従ってきた小者は、苦々しげに告げた。

「そうか」

角之進が短く答えたとき、船がひときわ激しく横に揺れた。

船頭はん……

こら、あかん……

どうにかせんと……

船乗りたちの切迫した声が響いてきた。

「たらしはしたのだろうか」

角之進が言った。

いくたびも菱垣廻船に乗っているから、用語はあらかた頭に入っている。

「海があまり荒れていると、錨を投げ入れられないかと」

草吉が言う。

「よし」

角之進は意を決して立ち上がった。

足を踏ん張って腰の構えを低くする。船が揺れても倒れないようにするためだ。

「様子を見に行くか」

左近が腕組みを解いた。

「おう。じっとしているわけにはいかん」

角之進は答えた。

諸国廻りの一行は、慎重に歩を進めて甲板に向かった。

八

「たらしや。早うせえ」

巳之作が声を張り上げた。

遅まきながら、錨を投じ入れて船を止めようとしたのだ。

「速い潮に乗ってしもた。なんとかせな」

楫取の丑松が切迫した声をあげた。

「源太郎、たらしや」

船頭が叫んだ。

「へい」

碇捌の源太郎が前へ進み出た。

父が恵比寿丸に乗っていた源太郎は、気合を入れ直して錨を海に投じ入れた。

流されている船を止めるのは容易ではない。錨をどの向きに投じ入れればよいか、肚（はら）を決めてすぐ手を動かさなければ、せっかくの錨がうまく働かなくなってしまう。

錨は一つでは足りない。左から投入したら、次は右からも投じ入れなければ船は安定しないのだ。

またひとしきり雷鳴が轟いた。横なぐりの激しい雨だ。

「よっしゃ、行くで」

源太郎は一つ目の錨をつかんだ。

「助けてや、お父はん」

荒れ狂う海に向かって言うと、碇捌は錨を投じ入れた。

横波を受けて、船が傾く。

「うわっ」

体勢を崩した源太郎は甲板で倒れた。

「しっかりせえ」

親仁の寅三が叱咤する。

「何してんねん。早よ次を入れんかい」

巳之作も声を張り上げた。

「へ、へいっ」

どうにか立ち上がると、若い碇捌は船の逆側へ進んだ。

また船が揺れる。

「水、浸かってきたで」

「早うせえ」

「何やってんねん」

船乗りたちの怒号が飛び交った。

源太郎はすっかり動転してしまった。

錨はなるたけ遠くまで投げなければならない。いくつもの錨を投じ入れ、船の安定を図るのは碇捌の腕の見せどころだ。

だが……。

若い船乗りは気が急いてしまった。とにもかくにも錨を海へ投入することで頭が一杯で、遠くまで投げることができなかった。なかには船のすぐ近くに下りた錨もあった。流されていく菱垣廻船を止めるには、まちまちの向きの錨はあまりにも無力だった。

かくして、千都丸の漂流は続いた。

九

角之進が甲板に姿を現わすと、ひときわ激しい雨が吹きつけてきた。

顔に当たると痛いほどの雨だ。まるで砂粒が吹きつけてくるかのようだった。

「危ないで、諸国廻りはん」

寅三が気づいて言った。

「船室にいておくんなはれ」

巳之作も言う。

「神杖を背負っているゆえ、海へ落ちたりはせぬだろう。で、どうだ、船のほうは」

角之進は問うた。

まだ夜ではないはずだが、空は真っ暗だ。その闇を切り裂いて、稲妻が閃く。

「えらい流れで」

船頭は海のほうを手で示した。

「沖へ沖へと持っていかれてまんねん」

丑松が悲痛な声をあげた。

「うわっ」

それに覆いかぶさるように、左近の声が響いた。

大きな波が甲板に打ち上がってきたのだ。

「船室にいておくんなはれ」

船頭が有無を言わせぬ口調で言った。

「ここにいたら流されて海へ落ちますで」

楫取も強い調子だ。

「分かった。戻る」

角之進は短く答えた。

「鳥が」

草吉が黒い雲を指さした。

「鳥？」

角之進はその方向を見た。

「はい。おびただしい数の鳥が蠢き、恐ろしい声で鳴いています。まるで地獄から来たかのように」

草吉は目を瞠った。

角之進は瞬き（まばた）をした。

諸国廻りの目にも見えたような気がした。

地獄から来たかのような、黒々とした鳥の群れが……。

第六章　幻の船

一

「水に浸かってきたな」

角之進が顔をしかめた。

「アカトリをもらってまいります」

草吉がすっと腰を浮かせた。

「おう、頼む」

角之進が答えた。

「樽運びだな」

左近が言う。

船が水に浸かってきたら是非もない。アカトリと呼ばれる水を汲み出すための道具を用い、樽に集めては甲板に上がって海に捨てていく。迂遠なやり方のようだが、これがいちばんだ。

そもそも、和船の泣きどころは水だ。洋船なら甲板が密閉されているから、水を遮断することができる。しかし、甲板を自在に取り外し、そこから荷積みや荷下ろしをする和船は、便利さと引き換えに浸水に弱い。

ほどなく、草吉が水主の松次とともに戻ってきた。

樽と頭数分のアカトリを持っている。

「これに汲んで捨てておくんなはれ」

松次が口早に言った。

またぐらりと船が揺れる。

「運んだ水を捨てるのが大変だな」

と、角之進。

「命綱を巻いたもんがおりますさかい、渡してもらえれば」

松次が告げた。

「おのれの手では捨てぬように」

草吉が表情を変えずに言う。

「分かった。無理なことはせぬ」

角之進は答えた。

「ほな、頼んます」

松次はそう言うなり、甲板へ引き返していった。

「よし、やるぞ」

諸国廻りが腕をまくった。

「水をかき出せ」

左近もアカトリをつかんだ。

ちょうどいい按配の曲がり方で、水をかき出しやすいつくりになっている。

「一の二の三っ」

掛け声を発しながら、角之進は調子よく水を掬い取り、樽に投じ入れた。

三人がかりだ。樽はさほど間を置かずに一杯になった。

「渡して来よう」

角之進が樽をつかんだ。

また船が揺れる。

「気をつけろ」

左近が言った。

「ここでひっくり返したら元も子もないからな」

角之進は答えた。

「もう一つ、樽をもらってまいりましょう」

草吉も続く。

慎重(しんちょう)に梯子段(はしごだん)を上(のぼ)り、甲板に出ると、ひときわ激しい雨が吹きつけてきた。

「艫(とも)は大丈夫か」

船頭の声が響く。

外艫(そとども)も泣きどころの一つだ。激しい嵐で壊れてしまい、制御できなくなってしまったこともある。

「まだ保(も)ってます」

楫取(かじとり)の丑松(うしまつ)が答えた。

「水の樽だ。渡すぞ」

角之進は大声で告げた。

「へいっ」

返事をしたのは、碇捌の源太郎だった。

錨を投じ入れるのは思いどおりにいかなかったが、そのしくじりを取り返すべく、腰に命綱を巻いて樽の水を海へ投じ入れる役目を買って出ていた。

「頼む」

角之進が樽を渡した。

「へいっ」

源太郎は船べりに向かうと、しっかり腰を踏ん張って水を投げ捨てた。

「頼んます」

すぐさま戻り、空の樽を託す。

「おう」

空の樽を提げて船室に戻るとき、また雷鳴が轟いた。

尋常な稲妻には見えなかった。

いままさに世が終わる。

すべてが闇に閉ざされてしまう。

そんな不吉な光に見えた。

二

同じころ――。

世に知られぬ影御用の神社の本殿では、ひそかに護摩が焚かれていた。

昏が動く。

ひと　ふた　み　よ　いつ　むゆ　なな　や　ここのたり……

祝詞を唱えているのは、大鳥居大乗宮司だった。

諸国廻りはそろそろ能登の沖に至る頃合いだろう。それは先日の神託で分かった。

日が暮れて、日の本の要石とも言うべき神社の杜は闇に包まれた。

これから再びの神託だ。

ひと　ふた　み　よ　いつ　むゆ　なな　や　ここのたり……

一子相伝で社を護る宮司の祝詞が続く。

布留(ふる)の言(こと)だ。これを唱えることにより、死者すらよみがえらせることができると伝えられている。

ひと　ふた　み　よ　いつ　むゆ　なな　や　ここのたり　ももちよろず……

祝詞は佳境に入った。

少壮ながら霊力に富む宮司は、祝詞を唱えながら梵字(ぼんじ)が記された護符(ごふ)を一枚ずつ火にくべていった。

一枚ごとに火が盛んになる。護符に記された文字の言霊(ことだま)が煙とともに本殿を満たしていく。

宮司は秘呪を結んだ。

この社にのみに伝えられている門外不出の印だ。

声が高くなる。

ふるべ　ゆらゆらと　ふるべ……

火がひときわ盛んに燃え立った。
宮司は神鏡のほうを見た。
そこからつねならぬ音が響いていた。
いや、音ではない。声だ。
大鳥居大乗のまなざしが鋭くなった。
神鏡を凝視する。
やがて……。
その目がいっぱいに見開かれた。
神鏡があらぬものを映し出したのだ。
それは、おびただしい数の黒い鳥だった。

三

「とても眠れぬな」

船室の角之進が言った。

外が見えずとも、草吉ならおおよその刻が分かる。

すでに夜だ。沖へ流されてしまった千都丸は、帆を下ろしたまま激しい波にもまれていた。

「波がどーんと当たって、横揺れがするからな」

左近が言う。

「雷鳴が轟き、船乗りたちの切迫した声も響く。眠るどころではない」

角之進は腕組みを解いた。

草吉は表情を変えずに座っている。この男には忍の心得があるから、ほんの少しうとうとするだけで疲れが取れるらしい。

「そろそろ、背に負うているものの出番ではないか?」

左近が訊いた。

「そうかもしれぬ。ただ……」

角之進は一つ息を入れてから続けた。

「つねならぬもの、ただならぬものに遭遇したときにのみ取り出してかざすべしと宮司から言われているからな。ただのあらしに向かって神杖をかざしたところで、効き目はあるまい」

それを聞いて、草吉がうなずいた。

「王手をかけるのを待っているようなものか」

角之進の特技の将棋になぞらえて、左近が言った。

「いや」

角之進は首を横に振った。

「それはおのれが攻めこんでいるときだ。いまは違う。厳しい攻め手をどうにかしのぎ、ゆらゆらと玉が敵陣へ逃げだしているところだ。いつ詰まされてもおかしくないくらいに、瀬戸際に立たされている」

船がまた嫌な揺れ方をした。

船乗りの怒号も聞こえてくる。

「かくなるうえは、一縷の望みは入玉だ。敵陣深くにまで玉が進み、王手をかけられなくなれば、長期戦の望みも出てくる。逃げられるとすれば、最善手は一つしかない。そのほかはすべて奈落の底だ。さような瀬戸際でこそ、宮司から託された神杖をかざすべきだろう」

角之進はそう読んでいた。

「なるほど。いずれにしても、それはおぬしのつとめだ。おれにはできぬ」

左近は渋く笑った。

そのとき、切迫した声が響いた。

「えらいこっちゃ、諸国廻りはん」

そう言いながら船室に下りてきたのは、親仁（おやじ）の寅三（とらぞう）だった。

髷（まげ）は雨でずぶ濡れだ。

「いかがした」

角之進が問う。

「源太郎と松次が、えらいもんを見たと」

寅三は答えた。

「えらいもんだと？」

「へえ。ちょっと甲板へ来ておくんなはれ」

寅三は切迫した口調で告（つ）げた。

「分かった」

角之進は腰を上げた。

四

諸国廻りの一行は、気をつけながら梯子段を上り、甲板に至った。

「気ィつけておくれやっしゃ」

船頭がその姿を認めて言った。

「おう」

角之進は短く答えた。

「右へ左へ揺れますよってに、端のほうへは行かんように」

寅三が警告した。

「さっき一人落ちかけましてん」

楫取の丑松が言った。

「端のほうでつとめをするもんは、命綱をつけてますけどな。頭数分はありまへんさかいに」

いくぶん申し訳なさそうに、巳之作が言った。

そこへ、二人の船乗りがやってきた。

源太郎と松次だ。

「諸国廻りはん」

源太郎がまず声を発した。

「わい、見ましてん。これとおんなじような船が沖を通ってましてん」

源太郎は千都丸の甲板を指さした。

「恵比寿丸（えびすまる）や」

松次が声を張り上げた。

「お父はんらが乗ってた恵比寿丸が、まだ漂流してんねん」

若い船乗りが暗い海の沖を指さした。

「恵比寿丸を見ただと？」

角之進は眉間にしわを寄せた。

「へい。わいはたしかに見た」

松次は答えた。

「わいもや」

源太郎も和す。

ひときわ激しい雨が吹きつけてきた。

横なぐりの雨だ。

「父親に会いたいという思いが出ただけではないのか」

左近が冷静に言った。

草吉がうなずく。

「わい、ほんまに見ましたんや。あれは恵比寿丸やった」

源太郎はそう言い張った。

「お父はん、ずっと漂流しはってたんや」

松次は涙声になった。

「そんなはずないやろ。食いもんはどないするねん」

丑松は信じていなかった。

「そや。恵比寿丸がゆくえ知れずになったのは、もう十年以上も前やで」

巳之作も言う。

「お父はんに会いたいと思うあまり、ありもせんものを見たのと違うか?」

寅三も左近と同じようなことを言った。

「嘘やおまへん」

源太郎は首を横に振った。

「ほんまに見たんや」

松次はなおもそう言い張った。

「うわっ」

寅三が声を発した。

船がぐらりと揺れ、思わず倒れそうになってしまったのだ。

「気ィつけえ」

船頭が大声で言う。

「船はどうだ。止まる気配はないか」

角之進が問うた。

「あきまへん」

巳之作（みのさく）は首を横に振った。

「ずっと沖へ流されてまんねん」

丑松が悲痛な面持ちで告げた。

「すんまへん。わいのせいで」

碇捌の源太郎がわびる。

「言うてもしゃあない。そやけど、このあらしのなか、錨を上げることもでけへんさかいにな」

船頭の顔がゆがんだ。

「沖へ沖へと流されたら、果てしなく海か」

暗澹たる思いで、角之進は問うた。

「舳倉島に着いたらよろしおますんやけどな」

巳之作は答えた。

能登の沖合にある孤島だ。

「湊があるのか」

角之進はさらに問うた。

「千都丸みたいな大っきい船はよう入りまへんけど、人は住んでます」

船頭が答えた。

「せめてそこへ漂着すれば」

と、左近。

「それは神頼みだな」

囊の中の神杖を思いながら、角之進は言った。

そのとき、また稲妻が閃いた。

「近いで」

丑松が叫ぶ。

次の刹那——。

轟音がとどろき、千都丸の甲板は雷光に包まれた。

「落ちたで」

「頭隠せ」

「危ない」

船乗りたちの声が幾重にもかさなって響く。

さしもの角之進も肝をつぶした。

頭を手で覆ってうずくまる。

「燃えてへんか」

巳之作が訊いた。

「船べりが焦げてます」

若い船乗りが答えた。

「火ィは？」

船頭はなおも問うた。

「燃えてまへん」

「なら、ええ」

巳之作はほっとしたように答えた。

角之進もまた立ち上がった。

そのとき……。

次の稲妻が閃いた。

背に負うた嚢の中身が、ぴくりと動いたような気がした。

諸国廻りは、はっとして沖を見た。

その視野に、あるものが入った。

たしかに、見えた。

それは、帆船の影だった。

五

角之進は瞬（まばた）きをした。

間違いない。

菱垣廻船だ。

しかも、この大あらしのなか、見事な帆を張っている。

「船だ」

諸国廻りは指さした。

その方向を、左近と草吉も、ほかの船乗りたちも見た。

「わっ、ほんまや」

船頭が驚愕の声をあげた。

「見えましたやろ」

「恵比寿丸や」

源太郎と松次の声が高くなった。

「嘘やろ」

寅三が瞬きをした。

また稲妻が閃く。

束の間の雷光に照らし出されたのは、たしかに菱垣廻船だった。

「そんなあほな……」

丑松は呆然としていた。

無理もない。

恵比寿丸がゆくえ知れずになったのは、もう十年以上も前のことなのだ。

「諸国廻りはん」

船頭が声をかけた。

「あれはほんまもんでっか？」

角之進に訊く。

「幻かもしれぬ」

諸国廻りは答えた。

「近づいてますで、船頭はん」

寅三がもう一隻の菱垣廻船のほうを指さした。

角之進は草吉のほうを見た。

「どうだ。あれはうつつか幻か」

忍びの心得のある小者にたずねる。

草吉は目を凝らした。

「船全体が燐光を帯びています」

闇を見据えたまま言う。

「すると、幻か」

「分かりません」

草吉は首を横に振った。

角之進は背に負うていた嚢を下ろした。

慎重に神杖を取り出す。

「いよいよか」

左近が言った。

「そうかもしれぬ」

角之進はしっかりと神杖の柄を握った。

「恵比寿丸や」

「お父はんの船やで」

源太郎と松次はすっかり浮き足立っていた。

「危ない。船べりへ寄るな」

巳之作が声を張り上げた。

「落ちてまうで」

寅三も懸命に言う。

また雷鳴が轟いた。

甲板を光が奔る。

束の間、海も明るくなった。

「屋号が」

草吉が珍しく興奮した口調で言った。

「浪花屋の屋号か」

角之進が問うた。

「はい。丸に花、と」

草吉は答えた。

「恵比寿丸か……」

角之進はぐっと神杖を握った。

幻の船に向かって、小ぶりの水晶玉が付いた神杖をかざしてみる。

いままではほぼ封印してきたが、いよいよ使うべき時かもしれない。

神杖をかざすと、心なしか闇が薄くなったように感じられた。

「あっ、人が立ってるで」

源太郎が指さした。

「お父はーん」

松次が精一杯の声を張り上げた。

ぐらり、と船が傾いた。

千都丸の向きが変わる。

帆も錨も下ろしているのに、流されていく。

「だいぶ大（お）っきなってきた」

寅三が大声で言った。

ほどなく、角之進の目にも見えた。

もう一隻の菱垣廻船の帆には、丸に花の屋号が染め抜かれていた。

「ぶつからへんか」

船頭が言った。

「あかん。流されてる」

丑松が悲痛な声を発する。

青い燐光を帯びた帆船のほうへ、千都丸は少しずつ流されていった。

「どうする、角之進」

左近が問うた。

「うむ」

角之進は神杖の先を見た。

稲妻が閃く。

水晶玉にも光が宿った。

角之進は迷った。

いま近づいている恵比寿丸とおぼしい船は幻かもしれない。宮司から託された神杖をかざし、伝授された秘法を用いれば、たちどころに消える幻かもしれない。

だが……。

窮地（きゅうち）に陥（おちい）り、もはやこれまでと思われたときにのみ用いるべし、と宮司からは言われている。いまはまだその時ではないのではあるまいか。

さしもの角之進にも判断がつきかねた。

「お父はーん。松次やで。あんたの子が会いに来たで」

松次が懸命（けんめい）に手を振った。

「夢に見たとおりや。恵比寿丸やで」

源太郎の瞳が輝いた。

角之進は思案した。

いま秘法を用い、その結果、恵比寿丸とおぼしい船が幻のごとくに消えてしまったら、父に会うためにはるばるやってきた若い船乗りたちはさぞや嘆き悲しむに違いない。

それは情において忍びなかった。

「ずらっと並んでるで」

寅三が目を瞠った。

「ほんまや。恵比寿丸の船乗りたちが、甲板に並んでこっちを見てる」

巳之作が瞬きをする。

さらに船が近づいた。

角之進の目にも、恵比寿丸の船乗りたちの姿がくっきりと見えた。

その目はすべて赤かった。

ついぞ見たことのない赤い光を放っていた。

第七章　秘法と渦

一

「お父はんっ」

源太郎が大声で呼びかけた。

恵比寿丸を覆っていた燐光が束の間濃くなった。

「わいや。松次やで」

松次も懸命に声を張り上げた。

「夢に見たのとおんなじや。あんな赤い目ェやった」

源太郎が指さす。

千都丸と恵比寿丸、二隻の菱垣廻船の距離はさらに縮まった。

海も穏やかになった。

さきほどまで荒れ狂っていたのが嘘のように凪ぎ、船べりに近づけるようになった。

「あっ、子之吉はんや」

船頭が指さした。

「巳之作だす。昔はよう世話になりました」

恵比寿丸の船頭に向かって、千都丸の船頭が言った。

答えはなかった。

赤い目の男たちは、みな厳しい顔つきで、青い燐光を帯びた菱垣廻船の船べりに並んでいた。

「お父はんっ」

源太郎は、船頭でもある父の子之吉に向かってなおも呼びかけた。

角之進は瞬きをした。

恵比寿丸の船頭が一歩前へ進み出で、やおら口を開いたのだ。

「来んとけ……」

子之吉の声が響いた。

海の底から響いてくるかのような声だった。船が燐光を帯びているのと同じく、その声には何かつねならぬものがまとわりついていた。

「来んとけ……」

恵比寿丸の船頭は重ねて言った。

「なんで行ったらあかんねん」

源太郎が問いかけた。

「一緒に大坂へ帰りまひょ、子之吉はん」

巳之作が言った。

恵比寿丸の船頭はゆっくりと首を横に振った。

「なんでや。なんで帰れへんねん」

源太郎が迫(せま)る。

しかし、答えはなかった。

何か大事なことを告(つ)げるべきかどうか、逡巡(しゅんじゅん)しているような様子だった。

「あっ、お父はんや」

松次が指さした。

父は恵比寿丸の楫取(かじとり)の末松(すえまつ)だ。その姿を甲板に見つけたのだ。

「来んとけ……」

楫取は船頭と同じ答えをした。

声音も同じだ。

「若さま」

草吉が角之進に言った。

「何だ」

角之進は短く答えた。

「つねならぬ、ただならぬものかと」

忍びの心得のある男は厳しい顔つきで告げた。

「そうか」

角之進は改めて赤い目の男たちを見た。

船と同じく、その人影もうっすらと燐光をまとっていた。

「せっかくここまで来たんや。大坂へ帰ろ」

源太郎がなおも言った。

「ずっと漂流してましたんか」

今度は巳之作が訊いた。

「渦に巻かれた」

恵比寿丸の船頭は答えた。

「渦だと？」

角之進が口を開いた。

「このお方は日の本の悪しきものを退治する諸国廻りはんや。何でもあんじょう（ちゃんと）してくれるで」

巳之作は角之進を手で示した。

「通称諸国廻り、飛川角之進だ」

角之進は簡潔に名乗った。

「わいらは、悪しきものと違う」

子之吉の声が響いた。

「そなたらを退治しようというわけではない。まずは仔細を話してくれ。さすれば、いかなる手を打てるか思案もできる」

角之進はそう告げた。

「諸国廻りは霊験あらたかな杖も持っている。安んじて話せ」

左近も言葉を添えた。

「幕府の影御用をつとめる神社の宮司から託されたものだ。日の本の要石とも言うべき社の宮司ゆえ、霊験に疑いはない」

角之進はそう言って神杖をかざした。

それを聞いて、恵比寿丸の船べりに並んだ男たちが色めき立った。

「その杖で、この膜を破っておくれやす」

「この先ずっと漂流はかなんさかいに」

「助けておくんなはれ、諸国廻りはん」

赤い目の男たちが口々に言った。

どの声も膜を帯びたかのようにくぐもっている。それが幾重にもかさなって響くから、陰々たる声のかたまりになった。

「まずは仔細を話してくれ」

角之進は重ねて言った。

「へい」

恵比寿丸の船頭が答えた。

そして、陰にこもった声音で、一部始終を語りはじめた。

それは世にも奇妙な、こんな物語だった。

二

いまから十年あまり前――。

恵比寿丸は能登の岬を廻るときに大時化(おおしけ)に見舞われた。

沖へ沖へと流され、波にもまれているうちに、外艫(そとども)が壊れた。もはや制御することはできなくなってしまった。

そればかりではない。沈んでしまう懸念(けねん)もあった。

船頭は打つべき手をすべて打った。

帆を下ろすつかせと、錨(いかり)を下ろすたらしに加えて、断腸の思いで刎荷(はねに)を行った。船が沈まぬようにするためには、荷を軽くしなければならない。せっかく積みこんだ重い荷の一部を、海へ放り捨てた。

それでも危難は募った。

かくなるうえは、やむをえない。

子之吉は断を下(くだ)した。

帆柱を切り落とすのだ。

菱垣廻船でいちばん重い帆柱を切り落とし、海中に投じれば、格段に軽くなる。船の命とも言うべき帆柱を切るのは忍びないが、背に腹は代えられない。

かくして、恵比寿丸は帆柱を捨てた。

だが……。

それでも漂流は終わらなかった。

海はなおいっそう荒れ狂い、黒々とした渦が近づいてきた。

「ちょっと待て」

角之進は身ぶりをまじえて言った。

「帆柱を切り落としたと言ったが、いまは見事な帆を張っているではないか。辻褄(つじつま)が合わぬぞ」

諸国廻りは疑義(ぎぎ)を呈(てい)した。

「渦を抜けたら、こうなりましてん」

恵比寿丸の船頭が帆を指さした。

「元どおりになりましたんか」

巳之作が目を瞠(みは)った。

「あのときは、もうあかんと思た」

子之吉が言った。

「渦に巻かれてしもたんですわ。もみくちゃにされて、もうあかん、沈んでまうとみなが思た」

楫取の末松が言った。

「それが、渦を抜けたら元どおりになったと申すか」

角之進も信じられぬ思いで問うた。

「へえ、さようで」

恵比寿丸の船頭が答えた。

「卒塔婆に書いてある字ィみたいなもんが沢山流れていきよりました。渦に巻かれてもう終わりや、溺れ死ぬと覚悟したのに、なんでか知らんけど水の流れが止まりましてなあ。ほんで、ふと見たら、恵比寿丸が元どおりになってましたんや」

子之吉はそう語った。

「さようなふしぎなことが」

角之進は改めて恵比寿丸を見た。

青い燐光を帯びた菱垣廻船は堂々たる威容を誇っていた。だが、そのまことしやかな立派さには、うつつならぬ「何か」がまとわりついていた。

「初めはみな大喜びしたんですわ」

船頭は言った。

「切り落とした帆柱が元に戻った。知らんあいだに帆ォも張られてる。これで大坂へ帰れると、みなが抱き合うて喜んだもんです」

末松が感慨深げに言った。

「それが、帰れへんなんだんやな」

せがれの松次が言った。

「そや。あれからずっとこのままや」

末松が答えた。

「それから十年あまりも漂流を続けていると申すか」

まだ信じられぬ思いで、角之進は問うた。

「もう十年も経ったんでっか。漂流してると、何にも分かりまへんねん」

船頭が答えた。

「お日さんも見えへんさかい」

「膜に包まれてしもて、ただ流されてるしかないんですわ」

「わいら、もう大坂へ帰れへん」

船乗りたちが嘆いた。

「島影などは見えなかったか」

角之進はさらにたずねた。

「えらい遠くに、きらきら光る陸が見えたことはありましたわ。浄土（じょうど）とちゃうかってみなで言うてました」

子之吉は答えた。

「きらきら光る陸が」

角之進が復唱する。

「へえ。あの浄土みたいなとこへ行きたいなって言うてるうちに遠ざかっていってしもたんですわ」

船頭は悔（くや）しそうに言った。

「ほかの船とすれ違（ちご）たこともおましてん」

末松が告げた。

「ほかの船？」

角之進が問う。

「見たことのないような船で、異人が沢山(ようけ)乗ってました」

恵比寿丸の楫取が答えた。

「みな雲つくような大男で」

子之吉が身ぶりをまじえる。

「その船もずっと漂流していたのか」

角之進は問うた。

「何かわめいてましたけど、異人の言葉やさかい、よう分かりまへなんだ」

子之吉が答えた。

「そうこうしてるうちに、その船も遠ざかってしまいましてな」

末松が言った。

「どこぞの異国でわいらとおんなじ目に遭(お)うたんでっしゃろ。海は遠(と)いとこまでみなつながってますさかいに」

恵比寿丸の船頭はそう判じた。

「それ以来、ずっと膜の内側で航海を続けてきたわけか」

右手に神杖を握ったまま、角之進は腕組みをした。

「そのとおりで。鳥が膜をつつきに来よりますけどな」

と、船頭。

「鳴きながらつつくばっかりで、破ってくれへんねん」

楫取がまた嘆いた。

「あの鳥か……」

諸国廻りは独りごちた。

能登の岬を埋めつくすかのようだった黒鳥の群れに違いない。鳥たちの目には、燐光を帯びた恵比寿丸が見えていたのだろう。

「何を食べていたんだ？」

左近がたずねた。

「へえ、魚を」

子之吉が答えた。

「魚？　魚が獲れるのか」

左近は意外そうな顔つきになった。

「普通の魚か？」

今度は角之進が問うた。

「ちゃいまんねん。目ェのない赤い魚で」

船頭が答えた。

「目無しの赤魚やさかい、赤無と呼んでます」

末松が言葉を添えた。

「うまいもんとちゃいまっせ」

「それしか獲れへんさかい」

「赤無ばっかり食うてるさかい、こんな目ェになってしもたんや」

船乗りの一人が、おのれの赤い目を指さした。

「お父はん」

ここでまた源太郎が子之吉に語りかけた。

「どないかして、大坂へ帰ろ。大坂にはうまいもんがなんぼでもあるで」

父は首を横に振った。

「帰れへん……いや、帰ったらあかんねん」

子之吉は沈痛な表情で答えた。

「なんでや。なんで帰ったらあかんねん」

源太郎は畳みかけるように問うた。

少し間を置いてから、恵比寿丸の船頭は答えた。

「わいらは、もう普通の人とちゃうねん。目ェ見たら分かるやろ」

子之吉はおのれの赤い目を指さした。

三

「もしこの膜を破って、おまえらとおんなじ世の中へ戻ったら、鬼かと思われてまう。そもそも、歳（とし）を取ってへんわいらが戻ったらあかんのや。えらいことになるような気がしてならん」

赤い目の船頭はせがれの源太郎に言った。

「ええやないか。なんであかん」

源太郎は言い返した。

「目ェは元通りになるかもしれん」

「とにかく諸国廻りはんに膜を破ってもらいまひょ」

恵比寿丸の若い船乗りたちが口々に言った。

「そう簡単に破れる膜やないやろ。それに、膜がのうなったら、歳を取ってへんかったわいらは死んでしまうかもしれん」

子之吉は答えた。

「考えすぎとちゃいまっか、船頭はん」

恵比寿丸の船乗りがすぐさま言った。

「そやそや。帰れるもんやったら帰りたい」

「また身内の顔が浮かんで泣けてきたわ」

「もう漂流はこりごりや」

ほかの船乗りたちも和す。

「命だけは助かったんや。ありがたいと思わなあかん」

船頭が言った。

「それに、歳も取らんでええねん。ほんまやったら、海で溺れ死んでたんやで」

楫取の末松も言う。

「そやけど、やっぱりわいはお父はんと一緒のほうがええ」

せがれの松次が声をあげた。

角之進がうなずく。

父を思う子の気持ちは痛いほどに分かった。

「やってみな分かりまへんで、船頭はん」

「そや。それで死んでもしゃあない」

「毎日毎日、赤無ばっかり食うのはもうかなん」

恵比寿丸の船乗りたちが言う。

「わいらの目ェはこんねん赤うなってしもた。もしわいらが現れたら、鬼かと思われて撃たれてまうで」

子之吉は一つ咳払い（せきばらい）をしてから言った。

「火ィつけられて終わりや」

末松も言う。

「そんなん、やってみな分かりまへんがな」

船乗りの一人が声を張り上げた。

「軽う言うな。どうやってやるねん。いままでずっと閉じこめられてきた膜を、いったいどうやって破るねん」

子之吉は言い返した。

「角之進」

左近が控えめに声をかけた。

「ここはおぬしの出番ではないか」

そう水を向ける。

「うむ」

角之進は半歩前へ進み出た。

「おれがやってみてもよいか」

諸国廻りは宮司から託された神杖を示した。

「待ってました、諸国廻りはん」

「その杖だけが頼りですよってに」

「いよいよ帰れるで」

恵比寿丸の船乗りたちが色めき立った。

「ほんまにできまんのか」

船頭が訊いた。

「諸国廻りはんはこのために来たんでっせ、子之吉はん」

千都丸の巳之作が言う。

「能登の沖にただならぬ暗雲が漂っているというお告げめいたものがあったため、託された神杖を手にここまでやってきたのだ」

角之進は言った。

「時」に関わる暗雲ということは、理解が及ばぬかもしれないと考え、「ただならぬ暗雲」とのみ伝えておいた。

「浪花屋は、諸国廻りはんの足をつとめることになってん」

巳之作が子之吉に伝える。

「ほまれや、ほまれや」

「ここで力出しておくんなはれ」

「頼んます、諸国廻りはん」

今度は千都丸の面々が言った。

「そのただならぬ暗雲がわてらの船だすか？」

子之吉が訊いた。

「恵比寿丸それ自体が悪しきものではない」

角之進は即座に答えた。

「なら、悪しきものは何ですねん」

恵比寿丸の船頭がなおも問う。

「そなたらの船をいまに至るまで漂流せしめているただならぬ力だ。この海域ではありえぬことが起きている。そなたらが初めに呑まれた渦は、この先もあまたの船に同じさだめを与えるかもしれぬ。言わば、この世にとってみれば大いなる穴だ」

角之進は熱をこめて答えた。

「その穴をふさぎますのんか」

千都丸の船頭が問うた。

「そやけど、穴をふさいでしもたら、お父はんら、帰ってこられへんで」

源太郎が言った。

「そや。恵比寿丸が戻ってからふさぐようにしておくれやす」

松次も頼む。

「それはやってみなければ分からぬ」

角之進は神杖をかざした。

いままで穏やかだった海がまたにわかに荒れはじめた。

雷鳴(らいめい)も轟(とどろ)く。

「では、やるぞ」

角之進は恵比寿丸に向かって言った。

「承知しました。頼んます」

船頭の子之吉が肚をくって答えた。

「気をつけろ、角之進」

左近が言う。

「おう」

短く答えると、諸国廻りは神杖をひときわ高くかざした。

四

「水！」

角之進は最初の一字を発した。

続いて、神杖を縦横に動かしながら秘呪を発していく。

「臨！　兵！　闘！　者！　皆！　陣！　列！　前！　行！」

九字だ。

密教と道教と陰陽道の集合から生まれた秘法を、影御用の神社の宮司も重用していた。

諸国廻りが江戸を発つ前に、大鳥居宮司は神杖を託し、九字の切り方を事細かに教えた。その成果を試すべきときがいよいよやってきた。

「水！」

角之進は再び最初の一字を発音した。

九字の前に一字を足し、十字にするのが秘中の秘だ。

ことに強調したい字を選び、そのあとに九字を切ると、格段に効き目が違うと伝えられている。

恵比寿丸と千都丸、二隻の菱垣廻船のあいだで波立つ海の水が収まるように、諸国廻りは初めに「水」と唱えた。

これも大鳥居宮司と打ち合わせてあった。ただし、場面によって臨機応変にべつの字に替えるべしとも言われていた。

雨風がすさまじいのなら「天」、命にかかわる事態に陥ったのなら「命」、悪しきものと戦う際、鬼神のごとき働きをしたいのなら「鬼」。

九字に加えるもう一字にはさまざまなものがある。

しかし、まずは「水」だ。

再び荒れ狂いだした海の水を平らかにしなければ、燐光を帯びた恵比寿丸に近づくことはできない。

「臨！　兵！　闘！　者！　皆！　陣！　列！　前！　行！」

諸国廻りの右手が動く。

神杖が振られるたびに、先端の水晶玉も動く。

神の分霊を宿した玉から光が発せられる。

角之進が字を発音するたびに、凛冽の気とともに光が放たれる。

だが……。

海はいっこうに鎮まろうとはしなかった。

鳥がさえずる。

闇を埋め尽くした黒い鳥たちが、ただならぬ声でいっせいに鳴く。

「危ない！」

左近が叫んだ。

ひときわ激しい高波が襲ってきたのだ。

それは千都丸の甲板を一気に奔った。

「気ィつけえ」

「波にさらわれるで」

「何かにつかまれ」

「また来よるで」

船乗りたちが切迫（せっぱく）した声をあげる。

雷鳴も轟いた。

まるで天が割れるかのような音だ。

稲妻が閃（ひらめ）く。

荒れまさる海を照らす。

「あっ、渦や」

恵比寿丸の船乗りが指さした。

「ほんまや。わいらを呑みこんだ渦や」

船頭が目を瞠った。

角之進も同じものを見た。

黒々とした海の中に大きな渦が生（しょう）じている。

「水！」

諸国廻りの声が高くなった。

恐ろしい渦に向かって神杖を突きつけ、さらに九字を唱（とな）える。

「臨！　兵！　闘！　者！　皆！　陣！　列！　前！　行！」

最後の所作が終わった刹那、異変が起きた。

渦が変容したのだ。

やにわに壁のごとくにせり上がり、わっと崩れたかと思うと、途方もない大波になって千都丸に襲いかかってきた。

「うわ、大波や」

「何かにつかまって身を伏せい」

船乗りたちの声が飛ぶ。

「若さま！」

草吉が叫んだ。

「角之進、危ない」

左近も大声で言う。

しかし、諸国廻りはひるまなかった。

襲ってくる大波に向かって神杖をかざしたまま、菱垣廻船の船べりで仁王立ちになっていた。

そして……。

その時が来た。

大波が甲板を襲った。

綱などにつかまり、船乗りたちは必死に耐えた。

すさまじい引き波だった。

海中の渦のほうへ引き連れようとする。

ようやく波が引いた。

だが……。

船べりに諸国廻りの姿はなかった。

角之進は、千都丸から海へと落下していた。

第八章　闇と御燈明

一

さしもの角之進も観念した。

もはやこれまでと思った。

それほどまでに、海は激しく荒れ狂っていた。

息ができない。

水練が得手な角之進だが、とても太刀打ちできる波ではなかった。

前から襲ってくる波なら、下をくぐればいい。波の力をやり過ごし、いちばん穏やかなところをすり抜けていくうちに沖へ出られる。

だが……。

そんな尋常な波ではなかった。

渦をなし、巻きこみ、いくつもに割れては襲ってくる。

角之進はたちまちもみくちゃにされた。上下左右に凄まじい勢いで振られた。

それでも神杖だけは離さなかった。宮司から託されたそれだけが頼りだ。

角之進は心の内で九字、いや、「水」を足した十字を唱えた。

口を動かすことはできなかった。塩辛い海の水がどっと流れこんでくる。

波にさらわれ、千都丸から海中へ落下した角之進は、もはやまったく息をすることができなかった。

肺の腑が空になっていく。

もはや、これまでか……。

角之進の脳裏に、一瞬だけおみつと王之進の顔が浮かんだ。

もう何も考えられなかった。

大きな渦の底へと引き込まれながら、角之進は目を瞠った。

総毛立つような恐ろしさが全身を覆った。

肺の腑の気が尽きてしまう。

いまにも息絶える。

あの世へ行ってしまう……。

角之進は最後の力を振り絞った。

櫂のごとくにしっかりと握った神杖を少しでも動かし、渦に抗おうとした。

「水！」

全身全霊をかけて心の内で唱えられたのは、その一字だけだった。

それに呼応するかのように、黒々とした流動する水の壁に、次々に文字が浮かんだ。

臨　兵　闘　者　皆　陣　列　前　行

最後の「行」の偏と旁がやにわに離れ、見えなくなった。視野から完全に消えた。

角之進はそれきり意識をなくした。

二

流れる、流れる。

梵字のごときものが目の前を流れていく。

肺の腑の苦しさは嘘のように消えた。

すると、もはや三途の川を渡ってしまったのだろう。苦しみのない世に至ってしまったのだろう。

角之進がそう観じたとき、ふっと視野が開けた。

渦が見えた。

海の水ではない。黒々とした雲の渦だ。

しだいに近づいてくる。

角之進はふと手元を見た。

あれだけ渦に巻かれたというのに、右手はしっかりと神杖を握っていた。

その先端を見る。

水晶玉の中には、かすかな光が宿っていた。

それを見た刹那、かそけき望みが生じた。

もしおれが死んでいるのなら、この手に神杖が握られていることはないはずだ。

雲の渦が近づく。

角之進は瞬きをした。

ぐっと気を集める。

おのれが何をして、いまここにまで至ったのか。そして、何をなすべきなのか。

角之進は必死に思案の糸をつなげようとした。

そうだ、九字だ。

その前に付け加えるべき一字だ。

もはや海中ではない。「水」と唱えても仕方がない。

では、何を念じるべきか。

いままさに雲の渦に呑（の）まれる。

またしても危難の渦にもまれてしまう。

その寸前に、天啓のごとくに閃（ひらめ）いた言葉があった。

角之進は再び神杖をかざした。

三

「時（じ）！」

角之進は大音声（だいおんじょう）で叫んだ。

間髪（かんはつ）を容（い）れず、九字を切る。

「……行！」

九字を切り終えるのと、闇の雲に包まれるのがほぼ同時だった。

角之進の身は暗黒に包まれた。

再び「時」と念じる。

恵比寿丸の船乗りたちは歳を取っていない。

ならば、その「時」を正しくすれば良いのではないか。

諸国廻りはそう考えた。

正しい時に戻れば、浦島太郎さながらに船乗りたちは歳を取るかもしれない。なかには寿命が尽きる者がいるかもしれない。それは致し方あるまい。

「時」を九字に加えただけで、時が正されるのかどうか。何の証もなかった。とにもかくにも、思いついたことを即座に試してみることしか角之進にはできなかった。

諸国廻りの身を包んだ雲は、たちまち壁のごときものに変じた。

まるで洞窟だ。

角之進は気づいた。

だんだん下っている。いや、墜ちている。

神杖の水晶玉に宿る光だけが頼りだった。

黒々とした壁に、たまさか文字が浮かぶ。

梵字のごときものが浮かんでは消える。

恵比寿丸の船乗りたちも見た、卒塔婆に書かれているような字を、角之進もいくたびか目の当たりにした。

下る、下る。

墜ちる、墜ちる。

闇の芯へと果てしなく落下していく。

行き先は、地獄か。

それとも、どこかにたたきつけられて頭を砕いて終わりか。

またしても、総毛立つ思いがした。

「時！」

藁にもすがる思いで、角之進はその言葉を発した。

だが……。

墜ちる速さがゆるむことはなかった。

むしろ速くなった。すさまじい速さだ。

「うわあああっ！」

さしもの角之進も叫んだ。

右手が痛む。

あまりにも強く神杖を握っていたせいだ。

もはや耐えがたいまでになってきた。できることなら左手に持ち替えたいが、落下の途中では無理だ。もし神杖がなくなったら命もない。

闇の壁が続く。

まるで八幡の藪知らずだ。

いくつもの枝分かれを経ながら、黒洞々たる洞穴が奥へ奥へと続いている。

危ういところで壁をすり抜けながら、角之進はさらに落下していった。

どこかで声が聞こえる。

経を唱える声だ。

それは闇の裏側、いや、この世の外からかすかに響いていた。

やがて……。

落下する速さが少しずつ鈍りだした。

経を唱える声も消えた。

代わりに、鳥のさえずりが聞こえた。

途方もない数の黒い鳥がさえずっている。

それが轟音にまで高まり、ふっと消えた。

身がだしぬけに平らになった。

闇の底に着いたのだ。

四

角之進はゆっくりと身を起こした。

どこも強打してはいなかった。立てる。

ゆっくりと身を起こすと、角之進は慎重に神杖を左手に持ち替えた。

右手はすっかりこわばってしまっていた。

一本ずつ指の感触をたしかめながら戻していく。さらに、いくたびか続けざまに振ると、ようやく痛みはいくらかやわらいだ。

諸国廻りは息をついた。

闇の中で瞬きをする。

神杖の水晶玉に宿る光だけを頼りに、深い闇の中を歩く。

数歩も進まないうちに気づいた。

そこはもう洞穴ではなかった。

いつのまにか、闇の壁が消えていた。

角之進は歩みを止め、耳を澄ませた。

かすかな音が聞こえたのだ。

読経(どきょう)の声ではない。鳥のさえずりでもない。

まだ正体が分からない音だが、たしかに耳に届いた。

角之進は闇の芯を見据えた。

音の源(みなもと)とおぼしい向きへ、一歩ずつ進んでいく。

足元はいやにぶよぶよしていた。

澱(おり)のごときもの、あるいは濡(ぬ)れた砂のようなものが足元にまとわりつく。

ただ何もない、闇だけが広がる場所を、角之進はなおしばらく歩いた。

音はしだいに大きくなってきた。

それが何であるか、角之進は卒然(そつぜん)と悟った。

水だ。

どこかで水が流れている。

こんなところに川があるのか。ことによると、三途の川か。

とりとめなく思い巡らしながら、角之進はさらに歩いた。

間違いない。聞こえてくるのは、たしかに水音だった。

その源へ向かって、諸国廻りは着実な足取りで進んでいった。

やがて、見えた。

行く手の闇の芯に、光が見えた。

神杖の水晶玉に宿る光ではない。

もう一つの光が、この場所に現れた。

角之進は足を速めた。

そのうち、風を感じた。

いたって弱いが、ここでは風が吹いている。

そのかそけきものを感じながら、諸国廻りは歩を進めた。

光の源が何であるか、ついに分かった。

角之進は瞬きをした。

信じられぬ思いで、光を発しているものを見た。

それは、御燈明だった。

五

最も深い闇の底に、ぽつんと一つ、御燈明が立っていた。

水音はそのあたりから聞こえた。

始原の炎が揺れるそこから小川が始まるのかもしれない。

角之進は御燈明に歩み寄った。

その火明かりのなかに、一つの影が浮かびあがった。

角之進は目を瞠った。

それは、人影だった。

「よく来た」

闇の中に端座する者が口を開いた。

奇妙な声音と風貌だった。齢何歳とも知れない翁のようにも、年端のいかない童のようにも見える。

角之進は歩みを止めた。

「ここは?」

翁とも童ともつかぬ者に問う。

始原の御燈明を護っていた者は、ゆっくりと手を上げ、ある方向を指さした。

水音とは逆の向きだ。

「淵（ふち）を覗（のぞ）いてみよ」

声が響いた。

「何の淵だ」

角之進は問うた。

「見れば分かる」

そっけない返事があった。

闇の中で、角之進はうなずいた。

神杖を再び右手に持ち替える。

水晶玉の光で足元を照らしながら、諸国廻りは示されたほうへ恐る恐る進んでいった。

気配があった。

何かが落下している……そんな気配だ。

うっかり滑（すべ）り落ちたりしないように、角之進は慎重に歩を進めた。

そして、見た。
そこに深淵（しんえん）があった。
「世はそこで終わる」
声が後ろから響いた。
まるで角之進の動きがすべて見えているかのようだ。
世の終わりの深淵。
角之進はそこを覗（のぞ）いた。
そして、両目をいっぱいに見開いた。

六

無音の滝が果てしなく落下していた。
無それ自体が間断なく深淵の底へとなだれ落ちているのだ。
その先に、面妖（めんよう）なものが見えた。
光と闇の縄のごときものが、深淵の底で這（は）いうねっていた。
すさまじい速さだ。

「その先には何もない」

すぐ後ろで声が響いた。

角之進は振り向いた。

翁とも童ともつかぬ者が、いつのまにか背後に立っていた。

光沢（こうたく）のある白装束をまとっているが、見えるのは上半身だけだった。あとは闇に溶（と）けている。

「いま見えたものは何だ」

角之進は問うた。

「門番のごときものだ」

返事があった。

「門番とは？」

さらに問う。

「この世の果てに門がある。その向こうは、もはやこの世ではない。世の外へと続く門が開かぬように護（まも）っている門番だ」

答えを聞いて、角之進はゆっくりとうなずいた。

「わたしはあの御燈明を護っている」

翁でもあり童でもある者がだいぶ小さくなった後方の炎を指さした。

「あれは何のしるしだ」

角之進はたずねた。

「戻ろう」

御燈明を護る者がうながした。

角之進が無言で続く。

無の淵から離れることで、いくらか人心地がついた。這いうねる光と闇の縄の像（すがた）を頭から振り払いつつ、角之進は闇の底を歩いた。

やがて、御燈明のところに戻った。

「ここから時が始まる」

翁とも童ともつかぬものはそう言ってまた腰を下ろした。

角之進もしゃがむ。

御燈明の炎が大きくなった。

「すると、この水音は……」

悟るものがあった。

「そうだ。時が流れる音だ」

心の内を見透かしたかのような返事があった。

角之進は目を凝らした。

始原の時が流れるさまをこの目で見たかった。

だが……。

いくら見つめても、目に映る(うつ)のは闇ばかりだった。

「見えぬ」

声が響いた。

「時を見ることはできぬ。音が聞こえるのも、始原の火が宿るここだけだ」

その言葉を聞いて、はたと思いついたことがあった。

角之進はそれを口にした。

「時は渦巻くことがあるか。その渦の中に、人や船が呑みこまれてしまうこともあるか」

「ある」

御燈明を護る者は即座に答えた。

その答えに力を得た角之進は、恵比寿丸のふしぎな出来事について簡潔に伝えた。

そして、こうたずねた。

「恵比寿丸を覆っている膜の内側に入り、できうれば膜を破ってこの世へ連れ戻したい。できるか」

少し間があった。

「膜の内側に入ることはできる」

答えがあった。

「いかにして入る？」

角之進はさらに問うた。

「時の小川を遡っていけ」

御燈明を護る者が指さした。

「流れは見えぬはずだが」

角之進はいぶかしげな顔つきになった。

「気配で分かる。心眼で見よ」

翁とも童ともつかぬ者が瞬きをした。

あらゆるものの本質を見通してしまうような目だ。

「遡っていけば何がある」

角之進は問いを発した。

「渦がある」

「そこが入口か」

「そうだ。身を躍(おど)らせ、念じよ」

両手が合わされた。

「恵比寿丸のもとへ行けるように念じるのだな」

角之進は少し間合いを詰めた。

「そのとおり」

すぐさま返事があった。

「では、恵比寿丸を連れて戻ることはできるか。膜を破れば、元の海に戻れるか。大坂へ帰ることができるか」

諸国廻りは畳みかけるように問うた。

「ならぬ」

重々しい答えが返ってきた。

「なにゆえだ」

角之進が問いつめる。

「ひとたび時の渦に巻かれ、向こうへ渡ってしまったものは、戻るわけにはいかぬ。

時が乱れてしまうゆえ」

ああ、と角之進は思った。

やはり、そうか。

戻るわけにはいかぬのか。

千都丸に乗りこみ、はるばる父を探しに来た二人のせがれの顔が浮かんだ。

「時が乱れるとどうなる」

角之進は相手の目をしっかりと見てたずねた。

「ひとたび時が乱れ、ほころびが生じてしまえば、無が流れこんで収拾がつかなくなってしまう。ありとあらゆるものがだしぬけに消えていく。どうあってもそれだけは避けねばならぬ」

翁でもあり童でもある者の顔つきが引き締まった。

「無が流れこみ、ありとあらゆるものが消えていくと」

角之進の表情もこわばった。

「そうだ。淵を覗いただろう。時が流れだす前の無が流れこめば、さまざまなものが呑みこまれて消えてしまう」

始原の御燈明を護る者が告げた。

「すると、恵比寿丸にはもはや望みはないわけか。この先も、ずっと漂流しつづけていくしかないのか」

暗澹たる思いで、角之進は訊いた。

「……ある」

重い間を置いて、答えが返ってきた。

「いかなる望みだ」

角之進は勢いこんで問うた。

「心して聞け」

返事があった。

「承知した。話してくれ」

角之進は言った。

時が始まるところを護る者は、一つずつ順を追って仔細を告げていった。

そして、最後にこう申し渡した。

「秘法を伝えよう。呪文を記憶せよ」

翁とも童ともつかぬ者の声が高くなった。

「心得た。教えてくれ」

角之進の声がにわかに弾んだ。

ほどなく、諸国廻りに秘呪が授けられた。

角之進はいくたびも復唱し、ただちに頭に刻みこんだ。

「行け」

始原の火を護る者は、御燈明の先を指さした。

「相分かった」

角之進は闇を見据えた。

「礼を申す」

一礼すると、角之進は歩きはじめた。

七

した、した、した……。

水音はしだいに小さくなり、したたりのような音に変わった。

神杖の水晶玉に宿る光を頼りに、角之進は慎重に歩を進めていった。

やがて、したたりの音も聞こえなくなった。

全(まった)きまでの無音の闇を、諸国廻りは一歩ずつ進んだ。

どれほど歩いたことだろう。ふと伝わってくるものがあった。

気配だ。

何かがふっと首筋をなでた。

風だ。

角之進は気を研(と)ぎ澄(す)ませた。

剣豪と相対している気合で、神杖をぐっと握る。

気の源、かそけき風が吹いてきた方向へ、角之進は進んだ。

そして、見た。

水晶玉の光をかざすと、はっきりと見えた。

渦だ。

角之進は息を呑んだ。

途方もない大きさの渦が闇の底にあった。

ちょうど断崖から見下ろしているような感じだった。

渦は大きいばかりではなかった。

巻き方が速い。

ありとあらゆるものを砕いてしまいそうな勢いだ。

引き返せ、引き返せ……。

もう一人のおのれがささやく。

それほどまでに、渦のたたずまいは剣呑(けんのん)だった。

だが……。

諸国廻りは臆(おく)さなかった。

恐れをなしてきびすを返したりはしなかった。

「命(めい)！」

角之進は初めの一字を力強く発音した。

続いて、九字を切る。

「……行！」

最後の一字を発すると、角之進は神杖を両手で握った。

そして、意を決して渦の中へと真一文字に飛びこんでいった。

第九章　渦の向こうへ

一

轟々たる音と流れが角之進を包んだ。
悲鳴をあげるいとまもなかった。
凄まじい力に、ただもみくちゃにされているばかりだった。
抗うことはできない。耐えるしかない。
角之進はひたすらに耐えた。
いまにも身が千々に砕かれてしまう。すべてが終わる。
そんな途方もない恐れと戦いながら、角之進は渦に身を任せていた。
どれほど渦にもまれたことだろう。

意識がふっと遠のいた。

神杖を握る力が、にわかに薄れた。

いまにも手から落ちてしまう。最後の頼みがなくなってしまえば終わりだ。

「命！」

角之進はかろうじてその言葉を頭の中で唱(とな)えた。

手にかそけき力が戻った。

すんでのところで、角之進は再びしっかりと神杖を握った。

しかし……。

次の言葉が出てこない。

あれほどいくたびも唱えてきた九字(くじ)が一字も思い出せない。

あまりにも激しく渦にもまれたせいで、何も思い出すことができなかった。

息ができない。

水とも気ともつかぬものが間断(かんだん)なく流れこんでくる。

何も見えない。

凄まじい勢いで黒々としたものが渦巻(うずま)いている。

角之進は最後の力をふりしぼった。

神杖を胸に抱く。
先端の水晶玉が額をたたいた。
その刹那、思い出した。
「臨！」
九字の初めの一字を、角之進は思い出した。
あとは一瀉千里だった。
「兵！　闘！　者！　皆！　陣！　列！　前！　行！」
すべて唱え終えると、息苦しさが急に薄れた。
渦が流れに変わった。
闇の中に光が見えた。
初めは御燈明のようだった光は見る見るうちに大きくなり、諸国廻りの全身を包んだ。

二

「なんや、あれは」

船乗りが指さした。

「人や。人やで」

「人が浮いてる」

甲板は色めき立った。

千都丸ではない。恵比寿丸だ。

「あっ」

楫取の末松が気づいた。

「諸国廻りはんやで」

声をあげる。

「ほんまや」

船頭の子之吉が目を瞠った。

いま船の近くで波に揺られているのは、飛川角之進と名乗った諸国廻りに相違なかった。

「死んでるのか」

「むくろとちゃうか」

恵比寿丸の船乗りたちが言う。

「目ェ覚ませ、諸国廻り」

「沈んでまうで」

切迫した声が響いた。

波間に漂う角之進の耳に、その声はたしかに届いた。

気がついた。

いまにも沈む寸前で、角之進は我に返った。

「うわっ」

身を動かそうとした拍子に、水を呑んだ。

それはとても塩辛かった。海の水だ。

「気ィついたで」

「生きてる、生きてる」

恵比寿丸の船乗りたちの声が弾んだ。

「小舟を下ろせ」

船頭が命じた。

「へえ」

「いま助けますさかい」

恵比寿丸はにわかに活気づいた。

波はあったが、さきほどの渦に比べれば何ほどのものでもなかった。角之進は立ち泳ぎをしながら待った。

ほどなく、救けの小舟が下ろされた。

船べりから縄梯子も下りる。

「いま行きますさかいに」

そう告げたのは、楫取の末松だった。

「すまぬ」

角之進は巻き足をしながら右手を挙げた。

その手には、しっかりと神杖が握られていた。

三

「若さま!」

草吉が叫んだ。

忍びの心得のある小者の目には見えた。

間違いない。いま恵比寿丸に引き上げられたのは、飛川角之進だ。

草吉の声を聞いて、左近（さこん）が飛んできた。

「どうした」

「若さまが、恵比寿丸に」

草吉はあわてて指さした。

「角之進が？　無事だったのか」

左近の表情が変わった。

渦に呑まれ、その姿が見えなくなったときは、あきらめざるをえなかった。

酒を海に注（そそ）ぎ、亡き友との思い出を反芻（はんすう）しながらいくたびも涙を流した。

その角之進が生きていたとは、もしまことだとすればこの上ない朗報だ。

「はい。いま甲板に」

草吉が伝えた。

騒ぎを聞いて、千都丸の船乗りたちもやってきた。

「角之進が生きていたらしい」

左近が船頭の巳之作（みのさく）に告（つ）げた。

「諸国廻りはんが？」

巳之作の顔に驚きの色が浮かんだ。

「いま恵比寿丸に助けあげられたところです」

草吉が答えた。

「ほんまでっか」

「溺れ死んだとばっかり」

「だれでもそう思うわいな」

千都丸の船乗りたちが口々に言った。

ここで恵比寿丸に動きがあった。

「おーい」

船頭の子之吉が手を振る。

燐光を帯びてはいるが、その動きはたしかに分かった。

「どうでっか？　子之吉はん」

千都丸の船頭が大声で問うた。

「大丈夫や。助かった、助かった」

恵比寿丸の船頭は唄うように答えた。

「……良かった」

左近がのどの奥から絞り出すように言った。

続けざまに瞬(まばた)きをして、恵比寿丸のほうを見る。一度はあきらめた友の命が助かったのだ。こんなに喜ばしいことはない。

「よろしゅうございました」

草吉の顔も珍しく上気していた。

「諸国廻りはんが恵比寿丸に助けられたで」

知らせを聞いて甲板に上がってきた源太郎(げんたろう)と松次(まつじ)に、船頭が伝えた。

「生きてはったんでっか」

松次が目を瞠った。

「ほな、お父はんらも帰ってこられるかもしれん」

源太郎の目に望みの光が宿った。

「そやな。こっちから向こうへ行けたんやさかい」

巳之作がうなずく。

そのとき、恵比寿丸の甲板で動きがあった。

「若さま」

またしても、真っ先に草吉が気づいた。

燐光を帯びた菱垣廻船の甲板に、諸国廻りが立っていた。

神杖を握った右手を挙げる。

「おれは大丈夫だ」

しっかりした声が響いてきた。

「案じておりました、若さま」

草吉が情のこもった声で言った。

「すまぬ」

角之進はわびた。

「おぬしのために泣いていたぞ、角之進」

左近が包み隠さず告げた。

「すまぬ。許せ」

角之進は頭を下げた。

「これから、どないしはります？」

千都丸の船頭がたずねた。

「恵比寿丸の者たちに大事な話がある。みなを集めて伝えるつもりだ」

張りのある声が返ってきた。

「なら、話が終わったら、首尾を伝えておくれやす」

巳之作が言った。

「心得た」

諸国廻りは神杖をさっとかざした。

四

「おれが膜の内側に入り、恵比寿丸に上がったことで、望みを抱いた者もいるだろう」

甲板に腰を下ろした角之進は切り出した。

その前に恵比寿丸の船乗りたちが座っている。

「外から来はったんやさかい。わいらも外へ行けるはずや」

「大坂へ帰れるで」

「長い漂流も終わりや」

船乗りたちは口々に言った。

「待て」

角之進は制した。

「事はそう調子よく運ぶものではない」

厳しい顔つきで告げる。

「あきまへんか」

船頭の子之吉が問うた。

「べつの望みはある」

諸国廻りはそう答えた。

「どんな望みですねん」

「わいは大坂へ帰りたい」

「そや、子ォの顔を見たいねん」

船乗りたちがさえずる。

「黙って聞いとれ」

船頭が一喝した。

「へえ」

「すんまへん」

甲板が静まった。

「恵比寿丸は渦に巻かれてしまった。ただの海の水による渦だったとすれば、いまごろは海の底に沈んでしまっている。だれ一人として生き残っておらぬはずだ」

角之進はまなざしに力をこめた。

「ただの水の渦とは違(ちご)たわけですな」

楫取の末松が言った。

「そうだ。恵比寿丸が巻かれたのは時の渦だ」

角之進はそう告げた。

大鳥居宮司が示唆(しさ)したとおりだった。ただならぬ雲には「時」が関わっていた。恵比寿丸は時の渦に巻かれたがためにゆくえ知れずになってしまったのだ。

「時の渦に」

船頭がうめくように言った。

「さよう。ゆえに、元通りの帆を張った姿で漂流を続けている。さりながら、そこはもはや元の海ではないのだ」

角之進は痛ましそうに伝えた。

「そら、赤無(あかむ)しか獲(と)れんさかいに」

「ほかの魚は一匹もおらんねん」

船乗りたちが言う。

「で、帰る手立てはありまへんのか」

子之吉が問うた。

「おれは闇を下り、時を遡り、この世が始まる源に至った。そこには御燈明がぽつんと一本立っており、それを護る者がいた」

角之進はまずそこから説明した。

「翁とも童ともつかぬその者から、おれはこの世の秘密を伝授された。それによれば……ひとたび時の渦に巻かれ、向こう側へ渡ってしまえば、もはや戻ってはならぬ。時が乱れ、いまこの船を覆っている膜のようなものにほころびが生じれば、この世に恐ろしいことが引き起こされてしまうからだ」

諸国廻りは重々しく告げた。

重い沈黙があった。

「どんな恐ろしいことだす？」

船頭の子之吉が口を開いた。

「膜にほころびが生ずれば、無が流入してしまう。この世のありとあらゆるものが、何の前ぶれもなくだしぬけに消えていったりする。それだけはどうあっても避けねばならぬのだ」

角之進の声に力がこもった。

「消えてまいまんのか」

船頭の顔に驚きの色が浮かぶ。

「そうだ。おまえのせがれや、乗りこんだ船などが、消えてしまうかもしれない。それはあまりにも剣呑だ」

諸国廻りは言った。

「そら、かなん」

「帰ろと思ても、大坂が無うなってしもてたらどないもならん」

「堪忍してや」

船乗りたちが言う。

「ゆえに、このままの姿で戻ることはあきらめてくれ。その代わり……」

角之進は続けた。

「恵比寿丸が漂流を続けなくても済む手立てを教わってきた」

諸国廻りは少し表情をやわらげた。

「漂流を続けなくても済む手立てでっか」

赤い目の船頭が言う。

「そうだ。秘呪を唱えれば、そなたたちが迷いこんだ世の蓬萊のごとき場所へたどり着くことができる。その夢のごとき場所に着けば、この先も歳を取ることなく安楽に暮らすことができるのだ」

角之進は神杖をかざしながら説いた。

「蓬萊へ行けまんのか」

「歳を取らへんのはありがたいこっちゃ」

「そら、ええかもしれん」

恵比寿丸の船乗りたちはにわかに乗り気になってきた。

「諸国廻りはんも行きまんのか、蓬萊へ」

子之吉が問うた。

「いや、おれは行けぬ」

角之進は首を横に振った。

「呪文を唱えれば、流れと渦が生じるらしい。そなたらの船は流れに乗って蓬萊へ向かう。おれは渦に身を投じ、江戸や大坂がある世へ戻るつもりだ」

また厳しい顔つきに戻って告げた。

「そこからほころびは生まれまへんか？」

船頭は懸念を示した。

「身を護る呪文を頭にたたきこんでいる。この杖もある。おれ一人なら、ほころびが生じる恐れはあるまい」

角之進は答えた。

「ほな、行きまひょ、蓬莱へ」

「長い漂流も終わりや」

「早よ呪文を唱えておくれやっしゃ」

船乗りたちが急(せ)きたてた。

「ちょっと待て」

船頭が制した。

「わいのせがれの源太郎が千都丸に乗って来てる。末松のせがれも一緒や。これが永(なが)の別れになるやろう。ひと言、言わせたってくれ」

子之吉は情のこもった声で言った。

「へえ、そら、もう」

「なんぼでも言うておくれやす」

「親子の別れやさかい」

船乗りたちが答えた。

なかには目元に指をやっている者もいる。

「よし。ならば、千都丸に伝えよう」

角之進はすぐさま腰を上げた。

五

「達者でいろ、源太郎」

恵比寿丸から、船頭の子之吉が大声で告げた。

角之進が仔細を伝え、源太郎と松次が船べりに進み出たところだ。

「お父はんも、達者で」

源太郎はのどの奥から絞り出すように言った。

「ああ、お母はんを頼むで」

子之吉は気丈に言った。

「松次」

今度は楫取の末松が言った。

「これで、さいならや」

万感の思いをこめて言う。

「おおきに、お父はん……いままで、おおきに」

松次は涙を流しながら言った。

恵比寿丸と千都丸、二隻(せき)の船乗りたちの多くがそのやり取りを聞いてもらい泣きしていた。

「どうか達者で、子之吉はん」

千都丸の巳之作が言った。

「おおきに。蓬萊へ着いたら、夢に出てきたるさかいに」

子之吉はそんな戯(ざ)れ言(ごと)を飛ばした。

「待ってま」

巳之作が笑って答えた。

「ほな、そろそろやっておくれやっしゃ、諸国廻りはん」

恵比寿丸の船頭が言った。

「心得(こころえ)た」

角之進はそう答えると、千都丸のほうを見た。

「おれは渦の中から現れるはずだ。小舟を下ろしておいてくれ」

諸国廻りは身ぶりをまじえて告げた。

「承知で」

巳之作が右手を挙げた。

「わたくしが下りて待っております」

草吉が言った。

「おう、頼む」

角之進は白い歯を見せた。

「気をつけろ、角之進」

左近が大声で言った。

「おう」

諸国廻りは気の入った声を発した。

六

「呪文を唱え、流れと渦が生ずれば、おれは甲板から渦めがけて飛びこむ。それで別れだ。達者に過ごせ」

角之進は恵比寿丸の船乗りたちに告げた。

「へい」

「諸国廻りはんも気ィつけて」

「よう来ておくんなはった」

船乗りたちが答えた。

機は熟した。

角之進は神杖をしっかりと握った。

「行くぞ」

半(なか)ばはおのれを鼓舞(こぶ)するように、諸国廻りは言った。

そして、始原の御燈明を護る者から教わった呪文を唱えはじめた。

……無阿羅、世俱、提金……

凛とした声が響く。

さほど間を置かず、動きがあった。

「あっ、動いたで」

「進んでる、進んでる」

「流れや。流れに乗ったで」

船乗りたちの声が響いた。

燐光を帯びた恵比寿丸の周りに、明らかな流れができていた。

動く、動く。

帆を張った壮麗な菱垣廻船が動きだす。

……無阿羅、世俱、提金……

呪文を唱える声が高くなった。

「あっ、渦や」

楫取の末松が叫んだ。

「ほんまや、渦や」

「諸国廻りはん、渦がでけたで」

ほかの船乗りも言う。

角之進は船べりから見た。

ひとたび生じた渦は、少しずつ大きくなっていた。

急げ。

もう一人の角之進が命じた。

渦があまりにも大きくなりすぎたら、力が弱まってしまう。そこで飛びこんでも、戻ることはかなうまい。

角之進は意を決した。

最後の呪文を唱えるのだ。

諸国廻りは神杖を高くかざした。

そして、天にも響きわたるような大音声(だいおんじょう)を発した。

……無阿羅、空擭(くうとる)、蓋羣(ふたぐん)、畏唖(いあ)、畏唖！

渦がひときわ激しくなった。

いまだ。

「さらばだ。達者で暮らせ」

角之進は最後にそう言い残した。

「諸国廻りはんも」

「気ィつけて」

船乗りたちが言う。

「時（じ）！」

神杖をかざしたまま、角之進は初めの一字を発した。

元の世に戻るためには、その一字が肝要（かんよう）だ。

間髪（かんはつ）を容（い）れず、九字を切る。

「臨！　兵！　闘！　者！　皆！　陣！　列！　前！　行！」

切り終えた。

逆巻く渦をめがけ、諸国廻りは真っ逆さまに飛びこんでいった。

第十章　夢のなかの都

一

角之進(かくのしん)の身は、またしても轟々(ごうごう)たる流れに呑(の)まれた。

時の渦(うず)に梵字(ぼんじ)が浮かぶ。

すぐさま弾(はじ)け、四方へ散る。

上下左右、いたる向きへもみくちゃにされながらも、角之進は必死に耐えていた。

だが……。

恵比寿丸(えびすまる)へ向かうときの渦より、戻るときの渦のほうがよほど激しかった。

息ができない。

水とも時とも無ともつかないものが、ただひたすらに渦巻いている。

そのただなかに、諸国廻りの身は完全に没した。

渦の表面はしだいに鎮まっていった。

角之進という獲物を呑みこみ、渦が満足したかのように見えた。


「角之進！」

左近が千都丸の甲板から叫んだ。

「浮いてこい、角之進」

必死の形相で叫ぶ。

一方、恵比寿丸は凄まじい速さで遠ざかっていった。

「あっ、消える」

源太郎が指さす。

「お父はーん」

松次が懸命に声を張り上げた。

しかし、返事はなかった。

燐光を帯びていた菱垣廻船の帆はしだいに薄れ、ふっと消えた。

初めからこの世になかったかのように見えなくなった。

「消えてもうた」

源太郎がしゃがみこんだ。

「行ってしもたな、お父はんら」

松次が太息をついた。

恵比寿丸は消えたが、角之進は姿を見せなかった。

「諸国廻りはんっ」

船頭の巳之作が大声で呼びかける。

「角之進、姿を現せ！」

左近が懸命に声をかけた。

「若さま」

草吉も小舟から叫ぶ。

やがて……。

ひとたび鎮まった海がまたざわめきはじめた。

流れが生じ、しだいに速くなる。

「渦や」

若い船乗りが指さした。

渦巻くばかりではない。大きな水泡が続けざまにわき上がってきた。

「角之進！」

左近がひときわ大きな声を発した。

その声に応えるかのように、渦がさらに大きくなった。

「あっ、変わるで」

船頭が目を瞠った。

渦がせり上がったかと思うと、水柱となって噴き上がった。

その頂に、影が見えた。

神杖を握りしめた諸国廻りだった。

二

「若さま！」

草吉が叫んだ。

「落ちたで」

「早よ助けい」

甲板から切迫した声が響いた。

水柱に噴き上げられた角之進は、海面に落下した。

大きな波しぶきが上がった。

「若さま」

草吉は懸命に櫂を操った。

波間に見え隠れしている影が見えた。

角之進だ。

息があるのかどうか、気を失っているだけなのか。遠目には分からない。

「早くしろ、草吉」

左近が叫ぶ。

「沈んでまうで」

「もうちょっとや」

「気ィ失うてるぞ」

「あかん。沈んでまう」

船乗りの悲痛な声が響いた。

草吉は意を決した。

ふところを素早く探り、あるものを取り出した。

手裏剣だ。

敵と戦う場面はなさそうでも、忍びの習いでいつもふところにひそめている。それを思わぬかたちで使うときが来た。

じっと狙いを定めると、草吉はいまにも沈みそうな影に向かって鋭く放った。

「うっ」

角之進がうめいた。

こめかみをわずかにそれたところに、草吉が放った手裏剣が命中した。

諸国廻りは我に返った。

「若さま、こちらへ」

草吉の声が聞こえた。

「ぐわっ」

塩辛い水をしたたかに呑んだが、どうにか手足が動いた。

手裏剣が突き刺さったまま、角之進は泳いだ。

そして、草吉が待つ小舟にやっとの思いでたどり着いた。

三

甲板に引き上げられた角之進は、ただちに手当てを受けた。

草吉が放つ手裏剣にはさまざまなものがある。猛毒を塗ったものが命中すれば助からないが、むろんそうではなかった。

「おまえに手裏剣を打たれる羽目になるとはな」

角之進は苦笑いを浮かべて、しっかりと布巻きをした額に手をやった。

まだ血がにじんでいるが、どうやら大丈夫そうだ。

「そういう軽口が出るようなら、ひと安心だな」

左近がほっとしたように言った。

「すまぬな。死んだと思うたか」

と、角之進。

「おればかりではない。みながそう思うたはずだ」

左近が苦笑いを浮かべた。

「窮余の一策で、相済まぬことでした」

手裏剣を打った草吉がわびた。

「なんの。おまえは命の恩人だ。大きな借りができたわ」

角之進はやっと笑みを浮かべた。

「よろしゅうございましたな。無事戻られて」

船頭の巳之作が言った。

「無事ではなかったが、この程度で済んだのは幸いであった」

角之進はまた額に手をやった。

「いま、あったかいもんをつくらせてますんで」

親仁の寅三が言った。

「おう、それはありがたい」

角之進は白い歯を見せた。

さきほどまでの渦が嘘のように、海は穏やかになってきた。

「よし。これならいけそうや」

船頭が言った。

「錨を上げまっか？」

碇捌の源太郎が訊く。

「おう、そうしてくれ。帆ォも張るで」

巳之作の声に力がこもった。

「へい、承知で」

「ええ風向きや」

「これやったら舳倉島へ着くで」

船乗りたちの声も弾む。

ほどなく、炊の三平が膳を運んできた。

「漁師汁と飯です。お代わりもでけますんで」

三平が言った。

「おお、ありがたい」

角之進はすぐさま受け取った。

危難の連続で気づかなかったが、ずいぶんと腹が減っていた。

寒鰤と大根と葱。ただそれだけの汁だが、五臓六腑にしみわたるかのようだった。

「うまい」

ただひと言、角之進は口走った。

いままで生きてきたなかで、いちばんうまい汁を呑んだと思った。

飯もうまかった。

空っぽの胃の腑に、恵みの飯が吸いこまれていく。この世へ戻れたありがたみを、角之進は心の底から感じた。

「お日さん、出てきたぞ」

「ええ按配や」

「帆を張れ、船出や」

船乗りたちの声が響く。

そのつとめぶりを頼もしげに見ながら、角之進はまたひとしきり箸を動かした。

四

千都丸が動きだし、船乗りたちのつとめが一段落したところで、角之進は源太郎と松次に首尾を伝えた。

「恵比寿丸はこれから蓬莱へ向かう。そなたらの父は、歳を取ることもなく安楽に暮らすだろう」

諸国廻りはそう伝えた。

「ありがたいことで」

源太郎が両手を合わせた。

「恵比寿丸に向かって拝(おが)みましたんで」

松次も続く。

そのとき、見張りに就(つ)いていた水主(かこ)が叫んだ。

「島や」

それを聞いて、千都丸の船乗りたちは色めき立った。

「ほんまや。島、見えるで」

「舳倉島や」

「助かった」

喜びの声が響いた。

「よし。舳倉の沖で風待ちや。それから黒島(くろしま)へ行くで」

船頭が気の入った声で告げた。

「へいっ」

「承知で」

若い船乗りたちがいい声で答えた。

舳倉島の湊は小さいから寄港することはできないが、能登の黒島は北前船の船主の集落もある栄えた湊だ。そこまで行けば、ようやく陸に上がり、ひと息つくことができる。

幸い、翌日はいい風が吹いた。

「よっしゃ、行けるで」

「能登へ戻れるぞ」

「陸や、陸や」

帆に喜びの風を孕んだ千都丸は、滞りなく黒島の湊に入った。

五

久々に踏む土の感触は、何物にも代えがたいものがあった。

諸国廻りの生還祝いということで、千都丸の面々は黒島でも指折りの料理屋へ案内してくれた。

「まあ、たんと呑み食いしておくれやす」

巳之作がそう言って角之進に酒を注いだ。

「おう。また腹の虫が鳴ったわ」

角之進は大皿に盛られたものを見た。

鯛の唐蒸しだ。

美しい九谷焼の大皿に、二尾の鯛が向かい合わせに盛り付けられている。互いをにらんでいるように見えるから、にらみ鯛とも呼ばれる祝宴のための料理だ。

「これはただの蒸し鯛とちゃいまんねん」

親仁の寅三が言った。

「ほう、何か仕掛けがあるのか」

角之進がのぞきこむ。

「食うてみたら、分かりますさかい」

船頭の巳之作が笑みを浮かべた。

「なら、さっそく」

角之進が箸を取った。

仕掛けとは、鯛の腹の詰め物のことだった。

卯の花がたっぷり詰まっていた。脂がのった鯛の腹に具だくさんの卯の花を詰めて蒸す。長崎から加賀藩に伝えられた、由緒ある南蛮料理だ。

「おお、これはうまい」

角之進は相好を崩した。

「何を食ってもうまいだろう。地獄から生還してきたんだからな」

左近が笑みを浮かべた。

「地獄か……」

角之進は少し遠い目つきになった。

翁とも童ともつかぬ者が護る始原の御燈明、そこから流れ出す時。

無の断崖の底で這いうねっていたものが護る門。

そういったもろもろのものが脳裏に浮かんでは消えた。

「諸国どころか、地獄まで行ってきはったんや。えらいもんやで」

船頭が親仁のほうを見た。

「ほんまや。ようまあご無事で」

寅三がそう言ってまた酒を注いだ。

「今度ばかりは駄目かと思ったがな」

かみしめるように言うと、角之進はくいと酒を呑み干した。

にらみ鯛のほかにも、料理は次々に出た。

加賀名物の治部煮に、香り豊かな松茸の炊き込みご飯。松茸は大ぶりなものが網焼きと天麩羅にもなった。

蟹もうまい。

足まで身の詰まった蟹を、角之進も左近も堪能した。

草吉も誘ったのだが、小者は遠慮して同席しなかった。命の恩人にうまいものをふるまいたかったのだが、質素な飯がいちばんいいようだから、あえて無理強いはしなかった。

「ああ、食った食った」

角之進は満足げに腹をさすった。

「珍しく赤くなっておるな」

と、左近。

「そう言うおぬしこそ」

角之進は言い返した。

「おれはいつもだからな」

左近は渋く笑った。

六

千都丸に戻った角之進は、久々に安んじて眠った。
そして、夢を見た。
「おーい……」
呼ぶ声がする。
角之進は船に乗っていた。
千都丸なのかどうかは分からぬが、甲板に立って行く手を見ていた。
船は湊に向かっていた。
夢の中で、角之進は目を瞠った。
日の本の湊にしては、たたずまいが異様だった。
見たこともない建物が並んでいる。どれも丈高く、色鮮やかな装飾が施されていた。
楽の音が聞こえる。
これも面妖な旋律で、ついぞ耳にしたことのないものだった。
「おーい……」

また声が聞こえた。

栈橋のほうだ。

角之進は続けざまに瞬きをした。

男たちが並んで手を振っている。

その向こうに、船が見えた。

見事な帆を張っている。そのさまに見憶えがあった。

恵比寿丸だ。

「諸国廻りはーん……」

声が聞こえた。

船頭の子之吉だ。

「よう来なはった」

「わてら、ここへ着きましてん」

ほかの船乗りも言う。

「そこは蓬萊か」

角之進はたずねた。

「名ァは知りまへんねん」

船頭が答えた。

「まあ、蓬莱みたいなとことちゃいますか」

楫取（かじとり）の末松（すえまつ）が言った。

そのとき、角之進は気づいた。

桟橋に並んだ恵比寿丸の船乗りたちのたたずまいが、以前とは変わっていた。

目の色が違った。

もう真っ赤な目ではなかった。

恵比寿丸の船乗りたちは、宝石のような緑の瞳に変わっていた。

「気ィつかれましたか、諸国廻りはん」

船頭は心の内を見透かしたように言った。

「もう赤い目ではないんだな」

角之進は言った。

「赤無（あかむ）とちゃう、うまいもんを食わせてもろてま」

船頭が答える。

「ここは極楽だっせ。せがれにもよう言うといておくれやす」

末松が言った。

「分かった。おれも安心したぞ」

角之進は胸に手をやった。

「ほな、お達者で」

「この先も気ィつけて」

栈橋に並んだ船乗りたちが手を振る。

「おう。そっちもな」

角之進も手を振り返した。

そのうち、栈橋も丈高い建物の群れも霧にかすみだした。

そして、何も見えなくなった。

七

いやに真に迫(せま)った夢だった。

目覚めたあとも、夢で見た光景は鮮明に記憶に残った。

奇妙なことはそればかりではなかった。面妖な夢を見たのは、角之進だけではなかったのだ。

能登の黒島を出た千都丸は、嵐に見舞われることもなく順調に航海を続けた。三国湊を経て、次の寄港地の敦賀に着いたとき、親仁の寅三が角之進のもとへやってきた。

「源太郎と松次が、諸国廻りはんに話があるって言うてまんねん」

寅三が告げた。

「どんな話だ」

角之進が訊く。

「真に迫った夢を見たって言いまんねや」

親仁は答えた。

「夢だと？」

ある予感を覚えつつ、角之進は訊いた。

「へえ。荷を下ろしてあきないが終わったら、越前のうまい蕎麦を食いにいくつもりですねん。そこで話を聞いてもらえまっしゃろか」

寅三は水を向けた。

「承知した。うまい蕎麦なら望むところだ」

角之進は笑って答えた。

千都丸の船乗りが案内したのは、皿屋（さらや）という蕎麦屋だった。なかなかの構えで座敷も広い。

「越前の蕎麦は黒くて太いのだな」

皿に盛られたものを見て、角之進が言った。

「敦賀に来るたんびに寄らせてもらうんですわ」

船頭の巳之作が言った。

「ほんまは越前の北のほうでよう食べられてるんですが、ここのあるじがそっちのほうの出で」

寅三が言う。

「皿の蕎麦におろしやら削り節やら葱やらたっぷりかけて、つゆを張ってわしわしと食うておくれやす」

船頭が食べ方を指南する。

「啜（すす）る蕎麦ではないな」

左近が言った。

「わしわしと嚙（か）めば、蕎麦の味がしそうだ」

角之進がさっそく箸を取った。

「挽きぐるみですさかい、蕎麦のええ香りがしますで」

楫取の丑松が言った。

そんな調子で蕎麦を味わいながら、船乗りたちの話を聞くことになった。

「真に迫った夢を見たそうだな」

頃合いを見て、角之進は碇捌の源太郎にたずねた。

「へえ。松次もおんなじ夢を見たんですわ」

源太郎は若い水主を手で示した。

「ひょっとして、恵比寿丸が面妖な湊に着いた夢ではないか？　丈高い建物がずらりと並んでいる都みたいなところだ」

角之進は身ぶりをまじえた。

「しょ、諸国廻りはんも見たんでっか」

源太郎の顔に驚きの色が浮かんだ。

「それですわ。その夢で」

松次も勢いこんで言った。

「目の色が違っていただろう？」

角之進はおのれの目を指さした。

「へえ。赤から緑へ」

源太郎が答える。

「赤無を食わんようになったさかい、こんな色になったってお父はんが言うてました」

松次が和した。

「うまいものを食わせてもらっていると船頭の子之吉(ねのきち)が言っていた」

角之進はそう言うと、辛味(からみ)のある大根おろしをたっぷりのせた蕎麦をわしっと嚙んだ。つゆにこくがあるから、ことのほかうまい。

「そうでっか。そら、良かった」

せがれの源太郎が表情をゆるめた。

「わてのお父はんは何か言うてましたか？」

松次が問うた。

「ここは極楽だと。せがれによく言っておいてくれと」

角之進はそう伝えた。

「そうでっか……良かったわ」

松次は目元に指をやった。

「ふしぎなこともあったもんやなあ」

千都丸の船頭が感慨深げに言った。

「ほんまですな。三人がおんなじ夢、見たんやさかい」

寅三がうなずいた。

「紆余曲折（うよきょくせつ）はあったが、恵比寿丸は蓬莱のようなところに着いたのだ。これでめでたし、めでたしだろう」

諸国廻りはそう言うと、越前のおろし蕎麦をわしっと噛んだ。

八

その後も航海は順調に進んだ。

荷積みとあきない、それに風待ちで幾日か停泊したのは、鳥取藩（とっとりはん）の御番所が置かれた境港（さかいみなと）だった。ここでは安来（やすぎ）の湊から船で運ばれる鉄を積みこむ。いいあきないになるし、千石船が安定する下荷にもなるから願ったり叶ったりだ。

つとめが一段落したところで、千都丸の面々は角之進たちを料理屋へ案内した。

「これは鰈（かれい）だな」

煮つけを見て、角之進が言った。

「弓ヶ浜で獲れる寒鰈だに」

おかみが愛想よく言った。

「ほう、それはうまそうだ」

と、角之進。

「これはいやに大きな稲荷寿司だな」

左近が指さした。

「はは、稲荷寿司とちゃいまんねん」

「初めはわてもそう思た」

「食うてみたら分かりますで」

千都丸の船乗りたちが口々に言った。

口に運んでみると、たしかに稲荷寿司ではなかった。大きな油揚げに米と野菜を詰めて炊きあげたものだ。

「いただきっちゅう名だに。お代わりもできますでの」

おかみはにこやかに告げて去っていった。

「これは腹がふくれるな」

左近が言った。

「なかなかいけるぞ」

角之進は笑みを浮かべた。

「こういうの食うたら、大坂が近こなったような気がしまんな」

巳之作が言った。

「厚揚げの炊いたんとか食いたいな」

丑松がしみじみと言った。

「もうちょっとや。下関でひと仕事したら、あとは瀬戸内をつーっと渡って終いやさかい」

船頭が手つきをまじえた。

「瀬戸内まで行けば、海が荒れる気遣いはないからな」

角之進はそう言って、残りのいただきを胃の腑に落とした。

「海賊は前に退治したしな」

左近がにやりと笑った。

「そうか。日の本をぐるっとひと廻りしたことになるんだな」

角之進が答えた。

「大坂へ着いたら、ゆっくりしておくれやっしゃ」

巳之作が言う。

「しばらくおったら、もう正月ですさかいに」

寅三が和す。

「そうか。もうそんな時分か」

諸国廻りは少し驚いたような顔つきになった。

「そうですねん。大坂へ着いたら、浪花屋でゆっくりしてから江戸へ戻っておくれやす」

船頭が言った。

「船はあるのか？」

諸国廻りは問うた。

「いや、春まではあらしまへん」

巳之作は答えた。

「次の千都丸は、いまと逆の西廻りになりまんねん。大日丸が春に江戸へ行って戻る段取りで」

寅三が伝えた。

「それまで待っているわけにはいかぬな」

角之進は左近のほうを見た。

「ならば、徒歩にて参ろう」

左近はよく張った太腿をたたいた。

「お伊勢参りでもしはったらどないです？」

巳之作が水を向けた。

「ああ、それも良いな」

角之進は乗り気で言った。

「神に感謝せねばな」

左近がそう言って酒を呑み干す。

「そのとおりだ」

人生最大の危難を切り抜けた諸国廻りは、感慨をこめてうなずいた。

第十一章　千都丸帰還

一

下関に着いた千都丸は、新たな荷を積んで瀬戸内に入った。

伊万里の湊から運ばれてきた焼きものだ。重さがあるので千石船の荷にはちょうどいい。

岩国に寄港した時、諸国廻りが乗り合わせていると聞いた吉川藩から差し入れがあった。

豪華な殿様寿司だ。

大きな箱桶に寿司飯を敷き、瀬戸内の海の幸と山の幸をふんだんにのせていく。その上にまた寿司飯を敷き、さらに具を重ねて押し寿司にする。

「五段にもなっているのだな」

角之進が感心したように言った。

「天守閣から山と海をながめながら食っているような気分だ」

左近も満足げに言った。

「なるほど、それで殿様寿司か。何にせよ、ありがたい差し入れだ」

角之進は笑みを浮かべた。

手裏剣が刺さった痕はまだ残っているが、もう痛みはない。渦に巻かれる悪い夢にうなされることもなくなった。

菱垣廻船は滞りなく進み、竹原で塩と酒を積みこんだ。ともに品がいいことで定評がある。

北前船の船主の集落もあり、古くから栄えた町だ。角之進たちは陸へ上がり、地元の料理屋で英気を養った。

牡蠣飯に鍋が出た。

「江戸の牡蠣より小ぶりだが、身がぷりぷりしていてうまいのう」

角之進はそう言ってまた箸を動かした。

「うむ、味が濃いわ」

左近もうなずく。

「鍋も具だくさんだ」

名を浜子鍋という。

塩田で働く者を浜子と呼ぶ。その者たちが好んで食している鍋だ。近海で獲れた魚貝と野菜を地の味噌で煮込んだだけの料理だが、その素朴さがいい。

「酒もうまい」

左近が燗酒をきゅっと呑み干した。

竹原には造り酒屋が何軒もある。互いに競い合っているから、おのずとうまい酒ができる。

「生き延びて呑む酒はまた格別だな」

諸国廻りはしみじみと言った。

「おぬしは海の水をたらふく呑んだだろうからな」

と、左近。

「よく生き延びられたものだ」

角之進はそう言うと、草吉の手裏剣が刺さった痕にちらりと指をやった。

二

長い旅も終わりに近づいてきた。

千都丸はその後もあきないを続けながら進んだ。ことに、多度津では、讃岐の特産品である三白、すなわち塩と砂糖と綿花を積みこんだ。和三盆は日の本でも指折りの砂糖だ。

沖合に錨を下ろして小船の荷を移し入れなければならないのは手間だが、ちょうど湊を広げる工事が進んでいた。近いうちに菱垣廻船が直接入れるようになるだろう。

そうすれば、さらに多くの荷を仕入れることができる。

最後の寄港地の兵庫へ向かうあいだに、明石の蛸飯が船内でふるまわれた。

「気ィ入れてつくらせてもらいましたんで」

運んできた炊の三平が言った。

「おう、こりゃうまそうだ」

角之進がさっそく受け取る。

「醬油と酒と塩だけの味つけですけど、どれも上等のもんを使こてますさかいに」

たくましくなってきた若い炊が言った。

「お、蛸がかみごたえがあってうまいな」

いち早く食した左近が笑みを浮かべた。

「おおきに。お代わりもありますよってに」

三平はお櫃を手で示した。

「塩加減もちょうどいいぞ。こりゃうまい」

角之進が相好を崩した。

「おおきに。つくった甲斐がおました」

若い炊は弾けるような笑みを浮かべた。

兵庫で酒を積みこめば、いよいよ次は大坂だ。

「能登で漂流したときはどないなるかと思たけど、あとは順調にいきましたな、船頭はん」

親仁の寅三が言った。

「そやな。ええあきないになったさかい、浪花屋の身代も当分は大丈夫やろ」

巳之作は胸を軽くたたいた。

「諸国廻りはんの足代も頂戴でけますさかいに」

と、寅三。

「そら、持ちつ持たれつや」

千都丸の船頭は満足げな笑みを浮かべた。

三

菱垣廻船の帆は遠くからでも見える。

蔵が立ち並ぶ大坂の湊の物見櫓(ものみやぐら)では、ひときわ目のいい者が交替で見張り役をつとめていた。

「あれは……丸に花や」

見張り役がその屋号を認めた。

「浪花屋や。浪花屋はんの船が帰ってきたで」

湊に声が響く。

「よっしゃ。伝えてきたろ」

すぐさま声が返ってきた。

千都丸が戻ってきたという知らせを聞いて、浪花屋はにわかに活気づいた。

「おお、良かった良かった。無事帰って来たんか」

隠居の吉兵衛(きちべえ)がただちに腰を上げた。

「ほな、迎えに行きまひょ」

あるじの太平(たへい)も続く。

「諸国廻りはんも乗ってはるさかい、わたいも行きまひょ」

大おかみのおまつも乗り気で言った。

「そやな。話も聞きたいさかい、恵比寿屋(えびすや)はんで昼飯はどや」

吉兵衛が水を向けた。

「文(ふみ)も渡さなあかんさかいに」

支度をしながら、太平が言った。

大坂の廻船問屋には、江戸から諸国廻りに宛てた文が届いていた。

「よっしゃ。ほな、迎えや」

吉兵衛がばちんと両手を打ち合わせた。

菱垣廻船の甲板から家並みが見えてきた。

大坂だ。

「ああ、帰ってきたで」

「大坂や、大坂や」

「ぐるっと日の本をひと廻りしたった」

「えらいもんやで」

千都丸の船乗りたちは口々に言った。

角之進は腕組みをして風に吹かれていた。

冷たい師走(しわす)の風だが、肌に心地よかった。

「帰ってきましたな、諸国廻りはん」

船頭の巳之作が言った。

「ああ、お疲れであった」

角之進は労をねぎらった。

「なんの。諸国廻りはんに比べたら、屁(へ)ェみたいなもんですわ」

千都丸の船頭が笑った。

蔵が近づいてきた。

丸に花。

ほまれの屋号がやがてくっきりと見えた。

四

「まあ、なんぼでも食うておくれやっしゃ」

浪花屋の隠居が笑顔で言った。

「おう。大坂の料理を味わうのは楽しみだったゆえ」

角之進も笑顔で答えた。

「ああ、つゆだけでもうまい」

さっそく味わった左近が言った。

諸国廻りとその補佐役が案内されたのは、恵比寿屋といううどん屋だった。浪花屋では事あるごとにのれんをくぐっている見世(みせ)だ。吉兵衛がおのれがだれか思い出し、大坂へ帰ったあとも、ここで好物の鱧天(はもてん)うどんを食したものだ。

あと少しで正月が来る。そこまで角之進たちは大坂に滞在し、べつの見世で行われる千都丸の帰還祝いにも出ることになっていた。

「うどんもこしがあってうまいぞ」

と、角之進。

「頃合いを見て、鱧天もいっておくんなはれ」

吉兵衛が言った。

「この見世のいちばんの名物だすさかいに」

廻船問屋のあるじの太平が和した。

「鱧は夏場のものやと思われてるかもしれまへんけど、秋から冬の鱧も、これがまたおいしおますねん」

大おかみのおまつがそう言って、べつの皿に盛られていた鱧天をうどんの丼に投じ入れた。

うどんのつゆが油で濁らぬように、別に盛り付けてあるのが心遣いだ。

「脂が乗って、こくが出るさかいにな」

吉兵衛も言う。

「おお、なるほど」

食すなり、角之進はうなずいた。

浪花屋の隠居が言うとおりだった。上方で夏場の鱧を食したこともあるが、それとはまた違った通好みの味だ。

「衣もさくさくしていてうまいな」

無精髭（ぶしょうひげ）を生（は）やした左近の顔がほころぶ。

「なんべん食べても飽（あ）きん味や」

吉兵衛が満面の笑みを浮かべた。

「それはええけど、あんさん、肝心の段取りを忘れんといてや」

おまつが小声で言った。

「そら、分かってる」

吉兵衛が答えた。

「肝心の段取りとは？」

聞きつけた角之進が問うた。

「ほな、忘れんうちに」

吉兵衛は太平のほうを見た。

「承知で」

太平はふところから袱紗（ふくさ）を取り出した。

「諸国廻りはんに宛てて、江戸から文（ふみ）が届いてたんですわ。お父はんからみたいです。どうぞ」

浪花屋のあるじは、いくぶん緊張気味に袱紗を開いて文を渡した。

「父上からか」

角之進は箸（はし）を置いた。

「召し上がってからでもよかったのに、あんさん、いらちやから」

おまつが少し苦笑いを浮かべた。

いらち、とは上方でせっかちのことを指す。

「いや、さっそく読もう」

角之進は文を開いた。

おみつと王之進（おうのしん）の身の上に何かあったりしたら一大事だ。

しかし、それは杞憂（きゆう）に終わった。

角之進の労をねぎらう言葉に続けて、父の主膳（しゅぜん）はまず身内がみなつつがなく過ごしていると伝えてくれていた。

「みな達者に暮らしているらしい」

角之進は笑みを浮かべた。

「それは何よりで」

浪花屋の大おかみが言う。

さらに、大鳥居大乗宮司（おおとりいだいじょうぐうじ）からの伝言も記されていた。

「宮司によると、能登の沖の暗雲がきれいに消えたそうだ」

角之進は左近に言った。

「おぬしの働きのおかげだな」

と、左近。

「さすがは諸国廻りはん」

吉兵衛が持ち上げる。

だが……。

そこでにわかに角之進の顔つきが変わった。

「なにっ」

諸国廻りは文をしげしげと見た。

「どうした」

左近が問うた。

角之進は文の一節を読みあげた。

……宮司によれば、次なる暗雲は飛驒(ひだ)の深き山中に認められる由(よし)、江戸に戻り次第、社(やしろ)へ赴(おもむ)き、段取りを整(ととの)へるべきと思案致し候(そうろう)……

「つ、次なる暗雲がもう」

角之進はあいまいな顔つきになっていた。

「飛騨でっか。そら、うちの船ではよう行かんとこやなあ」

吉兵衛が言った。

「どこの船でもよう行かんで、あんさん」

おまつが言う。

「そらそや。……まあ、食べておくれやす。うどんが冷(さ)めてまうんで」

吉兵衛がふと気づいて手で示した。

「ああ」

生返事をすると、角之進は文を左近に渡し、残りのうどんを平らげた。

ただし、あれほどうまかった鱧天うどんの味がいくらか変わってしまったような気がした。

「休む間がないのう、諸国廻りは」

左近がそう言って文を返した。

「そういうつとめだからな」

あきらめの表情で、角之進は答えた。

「大坂にいるあいだだけでも、おいしいもんをたんと食べておくれやす」

大おかみが言った。

「ああ、そうさせてもらおう」

諸国廻りは気を取り直すように答えた。

五

年も押し詰まった師走の三十日——。

千都丸の帰還を祝う宴が盛大に行われた。

場所は潮屋（うしおや）という料理屋の座敷だ。ここも浪花屋のひいきの見世で、出される料理はどれもうまい。

「どんどん出ますんで、食うておくれやっしゃ」

隠居の吉兵衛が角之進に言った。

「いきなり蟹か。うまそうだな」

角之進はいい色にゆであがった蟹にさっそく手を伸ばした。

左近に加えて、今日は草吉も控えていた。初めは固辞（こじ）していたのだが、草吉なかりせばいまごろは海の藻屑（もくず）となっていただろう。ぜひにと角之進が誘ったのだった。

浪花屋のほうは、大旦那の吉兵衛と大おかみのおまつ、あるじの太平。

千都丸の船乗りは、船頭の巳之作、親仁の寅三、賄（まかない）の捨吉（すてきち）の三役。それに、恵比寿丸ゆかりの碇捌（いかりさばき）の源太郎（げんたろう）と水主（かこ）の松次（まつじ）も加わっていた。

「ここは『言うたらあかんもん』も出ますんで」

吉兵衛が声を落として言った。

「河豚（ふぐ）か」

角之進も小声で言う。

表向きは、毒のある河豚を調理することはご法度（はっと）になっている。ことに武家は固く禁じている。さりながら、民はひそかに賞味していた。

「へえ。料理人の腕はたしかですよってに」

隠居がにやりと笑った。

ほどなく、言うたらあかんもの、河豚の鍋が来た。さっそく取り分け、舌鼓（したつづみ）を打ちながら話をする。

「その後、夢に出てきたりはしないか」

角之進は恵比寿丸ゆかりの船乗りたちに問うた。

「よう聞いてくれはりました、諸国廻りはん」

待ってましたとばかりに、源太郎が答えた。

「ならば、出てきたのか」

と、角之進。

「へえ。ゆうべまた出てきはったんです、お父はん」

源太郎は告げた。

「わてのお父はんも出てきてくれましてなあ」

松次も続く。

「蓬萊みたいなとこにまだおったんか」

吉兵衛が身を乗り出してたずねた。

「へえ。前とおんなじ都だす」

源太郎は答えた。

「歳を取らんで、うまいもんを食えてええなあ、子之吉らは」

吉兵衛が早くも赤くなった顔で言った。

「あんさん、ちょっと黙っとり。諸国廻りはんがおたずねの途中やで」

おまつがぴしゃりと言った。

浪花屋の隠居が、うへえという顔で口をつぐむ。

「で、どのような様子だった？」

仕切り直しで、角之進は訊いた。

「へえ。恵比寿丸の船乗りたちは大工みたいなことをしてました。みなで高い建物をつくってましてなあ」

源太郎が身ぶりをまじえた。

「色とりどりの建物でして」

松次が和す。

「へえ、陸へ上がったんやなあ、子之吉はんら」

千都丸の船頭が感慨深げに言う。

「達者そうにしてましたわ」

源太郎が笑みを浮かべた。

「それは何よりだ」

角之進はそう言って、河豚に葱を添えて胃の腑に落とした。

「あきないもうまいことといったし、まずはええ正月を迎えられそうですわ」

太平がほっとしたように言った。

「春まで陸にいられるさかい、ほうぼうへお参りとかさせてもらいますわ」

巳之作が言う。

「ええなあ。住吉（すみよし）はんとか」

寅三が言う。

住吉大社のことだ。

「また気張ってもらわなあかんさかい、春までのんびりしてや」

浪花屋でいちばん威厳のある大おかみが言った。

「へえ」

「そうさせてもらいま」

「今度の航海がきつかったさかいに」

千都丸の船乗りたちが口々に答えた。

六

正月が来た。

角之進と左近は大坂で新年を迎えることになった。

草吉には文を持たせ、いち早く江戸へ発たせた。次の飛騨の暗雲がいかなるものか、大鳥居宮司の話を聞かねば何とも言えないが、大坂であまりゆっくりしてもいられない。左近と相談し、明日にはもう発つことにした。

「せっかくの鯛ですさかい、食べてもらおと思てたんですがなあ」

吉兵衛が残念そうに言った。

「三が日のあいだは神に捧げるゆえ、おせちの鯛の塩焼きを食さぬのが大坂の習わしだからな」

角之進はそう言うと、代わりに数の子を口に運んだ。

「へえ、にらみ鯛と言われてま」

と、吉兵衛。

「三が日のあいだは、にらんでるだけですんで」

おまつが鯛を指さした。

「にらみ鯛にもいろいろだな。能登の黒島では二尾の鯛に卯の花を詰めて蒸した同じ名の料理を食した」

角之進は言った。

「諸国を廻ってはりますさかい、そっちの仕込みもだいぶでけましたやろ」

浪花屋の隠居が問う。

「そうだな。江戸へ帰って暇（ひま）があれば、おれの見世の料理人に指南（しなん）してやろうと思う」

角之進はそう答え、今度は昆布巻きに箸を伸ばした。

蝦夷地（えぞち）からはるばる運ばれてきた昆布がこうしておせちになっているかと思うと、なかなかに感慨深い。

「それはよろしおすな。お暇があったら、うちの子ォらがやってるなには屋へも行ったってください」

おまつが如才（じょさい）なく言った。

「ああ、そうさせてもらおう」

諸国廻りはそう言うと、お代わりをした雑煮の椀に手を伸ばした。

江戸は焼いた角餅にすまし汁だが、大坂はそのままの丸餅に白味噌仕立てだ。慈姑（くわい）に大根に人参に小芋、根菜がふんだんに入っている。

「久々に淀川丼（よどがわどん）が食いたくなった」

左近がなには屋の名物料理の名を出した。

「あの子ら、気張ってやってますかいなあ」

おまつがいくらか遠い目つきになった。

「そら気張ってるやろ。千軒のなには屋の目論見が狂てまだ二軒やけど、達者でいるのがいちばんや」

と、吉兵衛。

「そうだな。無事が何よりだ」

角之進はそう言って雑煮を胃の腑に入れた。

白味噌のやさしい香りがした。

七

「世話になった」

浪花屋の前で、角之進が言った。

左近とともに、すでに旅装を整えている。

「こちらこそ、世話になりました」

あるじの太平が頭を下げた。

かたわらには女房のおちえと跡取り息子の太吉（たきち）もいる。

当時は数えだから、早いもので太吉はもう三つだ。面構（つらがま）えもずいぶんとしっかりしてきた。おちえは次の子を身ごもっているようだ。廻船問屋の初春はなおのことめでたい。

「どうぞお気をつけて」

おまつが笑みを浮かべた。

「ああ、みな達者で」

諸国廻りも白い歯を見せた。

「次の飛騨は無理ですけど、海のはたやったら、どこへでも行きますさかい。たとえ琉球でも異国でも」

吉兵衛が言った。

「あんさん、あんまり大（お）っきいこと言わんとき。ほんまになったらどないするん」

おまつがすかさずたしなめる。

「えらいすんまへん」

隠居がおどけたしぐさをしたから、思わず笑いがわいた。

「では、しばしの別れだ」

角之進はさっと右手を挙げた。

「またいつか」

左近も続く。

「ありがたく存じました」

「気ィつけて」

「またよろしゅうに、諸国廻りはん」

浪花屋の面々に見送られて、角之進と左近は大坂を後にした。

終章　うつつの船

一

「肩の荷が下りたような気分だな」

角之進がそう言って、茶をゆっくりと啜った。

伊勢の五十鈴川にほど近い茶見世だ。

「おれもおぬしも、伊勢参りは初めてだったゆえ」

左近も言う。

大坂を出た角之進と左近は、寄り道にはなるがまず伊勢を目指した。この機を逃すと次はいつになるか分からぬからだ。

「神杖の水晶玉に宿るものとは違うかもしれぬが、礼を述べておいた」

そう言う角之進の背には、神杖が入った嚢（ふくろ）が背負われていた。

どこへ行くにも、まずその嚢を背負う。そういう習いがすっかり身についた。

「神の救（たす）けがあったればこそゆえ」

左近はそう言って餅を口中に投じた。

「さよう。このようなうまいものを食えるのも、神の救けあらばこそだ」

角之進も続く。

小体（こてい）な見世だが、出された餅はびっくりするほど餡（あん）がうまかった。ぜんざいにしても良さそうな甘さだ。

「うまいやろ、ここのお餅」

「わたいら、よう通てまんねや」

二人の媼（おうな）が話しかけてきた。

「ああ、うまい。あまり人には教えたくない見世だな」

角之進は答えた。

「江戸からおかげ参りでっかいな?」

「どちらはんもえらい男前で」

媼たちはにぎやかだ。

「まあ、そんなところだな」

角之進はさらりとかわした。

「ところで、この餅の名は？」

餅を胃の腑に落としてからたずねた。

片方の媼が、いくらか間を持たせてから答えた。

「赤福でんねん」

「ほう、赤福か。いずれ伊勢の名物になるかもしれぬな」

諸国廻りはそう言って笑った。

二

伊勢では土産も買った。

王之進には社のお守り、おみつと母の布津には品のいい簪と櫛を買った。父の主膳は土産をさほど喜ばないから何も買わなかったが、嚢の中身はだんだんに増えていった。

伊勢参りを終えた角之進と左近は、行く先々の宿場のうまいものを食しながら旅を続けた。

　桑名では名物の蛤料理に舌鼓を打った。

　焼き蛤が有名だが、天麩羅もうまい。あたたかいものが恋しいゆえふらりと入ったうどん屋では、蛤の天麩羅がごろごろ入ったうどんが出てきた。

「ここにして良かったな」

　角之進が笑みを浮かべた。

「これもあまから屋でどうだ」

　左近が水を向ける。

「そうだな。伝えてやろう」

　二人はそんな会話をしながら蛤天うどんを味わった。

　宮の渡しから尾張に入り、その後も順調に進んだ。どちらも健脚だ。早くも浜名湖が見えてきた。

　浜名湖はむかしから鰻の産地だ。当時は天然の鰻がよく獲れた。

　角之進と左近は鰻料理の見世で串焼きを堪能した。上方風の見世もあるが、そこは江戸風だった。

「江戸の味つけに出会うと、ことになつかしく感じられるな」

角之進はそう言って串焼きをほおばった。

「なに、もうすぐそこが江戸だ」

左近が軽い身ぶりをまじえた。

越すに越されぬ大井川(おおいがわ)も、拍子抜けがするほど楽に越すことができた。

駿河(するが)では、駿府(すんぷ)で茶葉を、焼津(やいづ)で鰹節(かつおぶし)を仕入れた。これはあまから屋への土産だ。

箱根の関を越えるとひと息ついた。角之進と左近は湯本(ゆもと)のいで湯に浸(つ)かり、旅の疲れを存分に癒(いや)した。

湯に浸かりながら一献(いっこん)傾けることができるのが宿の自慢だった。小ぶりの盥(たらい)の中に冷酒が入っている。

「これはたまらんな」

角之進が笑みを浮かべた。

「うむ、五臓六腑(ごぞうろっぷ)にしみわたるわ」

左近も和す。

「ひところは湯に浸かるだけで海の渦を思い出したりしたものだが、もうこれで大丈夫そうだ」

角之進はそう言って、また酒を呑んだ。

「悪い夢などは見たりせぬか」

左近が問う。

「幸い、見なくなった。蓬萊のごとき夢の都も出てこないがな」

角之進はそう答えて笑った。

三

諸国廻りの長い旅が終わった。

角之進は久方ぶりに飛川家に戻った。

すでに草吉は戻り、文を渡してくれていた。おかげで、ふらりと姿を現しても驚かれはしなかった。

「いま帰った」

角之進はおみつに言った。

「お帰りなさいませ。お役目、ご苦労さまでございました」

おみつはていねいに三つ指をついて出迎えた。

「父上、お帰りなさいませ」

王之進が元気よくあいさつした。

「おう。達者そうだな」

角之進は満面の笑顔になった。

年を一つ加えて、息子はずいぶんとたくましくなったように見えた。

「いい子で留守番をしていました」

おみつが笑みを浮かべた。

「そうか。土産もあるからな」

角之進は王之進に言った。

「はいっ」

わらべはいい声で答えた。

家に上がった角之進は、父の主膳と母の布津が待つ奥の間へ向かった。

「ただいま戻りました」

角之進は正座してあいさつをした。

「おお、ご苦労であった」

主膳は機嫌のいい顔で出迎えた。

「お疲れでしたね。ゆっくり休みなさい」

布津はいつもと同じ笑顔だった。

「はい。ようやく戻れました」

角之進も笑みを返した。

「草吉からあらましを聞いたが、大変なつとめだったようだな」

主膳が気遣う。

「ええ。九死に一生を得て、無事、江戸へ戻ることができました」

角之進は答えた。

「よくまあ無事で」

布津がほっとしたように言った。

「ありがたいことで」

角之進は軽く両手を合わせた。

ほどなく茶が出た。生還して呑む家の茶は、また格別な味がした。

「大鳥居（おおとりい）宮司（ぐうじ）の話によると、能登の沖にかかっていた暗雲はきれいに消え、いまは一点の曇りもないそうだ」

主膳が伝えた。

「それは良うございました」

角之進がうなずく。

「で、帰ったばかりで悪いのだが」

主膳は座り直して続けた。

来たぞ、と角之進は思った。

本当に帰ったばかりだが、こうなることを見越して伊勢参りにも行ったのだから是非もない。

「文にも記したとおり、次の暗雲が漂っているのは飛驒の山中だ」

主膳が言った。

「はい」

角之進は緊張気味にうなずいた。

「ただし、すぐ赴けということではない。まずこのたびのつとめに関して、若年寄様と上様に報告をしてからだ」

主膳は少し表情をやわらげた。

「それはいつごろになりましょうか」

角之進は訊いた。

「今月の二十日に登城することになっている。十日あまり先だ。それから、宮司の社に赴き、仔細を聞いて、出立の日取りを決めることになる」

主膳は答えた。

「そうすると、支度などもありますから、今月は江戸にいられそうですね」

角之進はほっとする思いで言った。

「江戸のおいしいものを食べて、ゆっくり休んでからにしなさい」

布津が気づかった。

「はい、そういたします、母上」

角之進はそう答え、うまそうに茶を啜った。

四

「若さま」

庭に出たところで、草吉から声をかけられた。

「おう。このたびは大儀だったな」

角之進は白い歯を見せた。

「無事のお戻りで」

草吉が表情を変えずに言う。

「おまえのおかげで江戸へ戻れた。改めて礼を申す」

角之進は小者に向かって頭を下げた。

「滅相もないことでございます」

草吉はあわてて首を横に振ってから続けた。

「やむをえぬ仕儀とは言いながら、若さまに向かって手裏剣を投じてしまい、相済まぬことでございました」

草吉は深々と頭を下げた。

「おまえのとっさの機転に救われたのだ」

角之進は額に手をやった。

いまはもう痕もほぼ消えた。

「あれは……長い一瞬でございました」

草吉はいくらか遠い目つきで言った。

「その一瞬が遅れていたなら、おれは溺れ死んでいただろう。おまえのおかげでこの命が助かったのだ」

角之進はおのれの胸に手をやった。

「ありがたく存じます」

草吉はまた一礼した。

「次は飛騨の山中だ。まだいかなる暗雲か分からぬが、また働いてくれ」

角之進は笑みを浮かべた。

「承知いたしました」

草吉も笑みのようなものを返した。

五

翌日――。

角之進は団子坂のあまから屋に顔を出した。

「蛤でも充分うまいな」

舌だめしをした角之進が満足げに言った。

「江戸では帆立貝はなかなか入りませんので」

あまから屋のあるじで、角之進の弟弟子の喜四郎が答えた。

昼の膳が終わり、短い中休みを経て二幕目に入ったところだ。

角之進はさっそく、旅の土産の料理を伝授した。

まずは、青森で仕込んだ貝焼き味噌だ。

帆立貝の代わりに蛤でやってみたところ、なかなかの仕上がりになった。

「わたしにもおくれでないか。いい香りだから」

一枚板の席に陣取った伊勢屋の隠居の代蔵が手をあげた。むかしからあまから屋を盛り立ててくれているありがたい常連だ。

「なら、わしも」

隣に座った武家も続く。

近くに住む甲斐庄喜右衛門だ。無役で暇なのをいいことに、あまから屋にしょっちゅう顔を出している。

「はい、承知で」

喜四郎がいい声で答えた。

それにべつの声が重なった。

「あまあま餅、二皿あがります」

声の主は、大助だった。

喜四郎の女房おはなの弟だ。大助にはおかやという女房がいる。喜四郎とおはな、大助とおかや、二組の若夫婦にはそれぞれ小さい子もいるから、見世はいつもにぎやかだ。

もとは角之進とおみつが切り盛りしていた見世だが、弟弟子の喜四郎たちに任せて繁盛している。

江戸広しといえどもほかには見かけない見世構えで、二幕目には「あま」と「から」に衝立で分かれる。

「あま」は甘味処、「から」は酒と肴を楽しめる料理屋。二つの香りが入り混じる風変わりな見世だ。

あまあま餅は「あま」の名物だ。

きなこをふんだんに使った安倍川餅と、つぶあんのあんころ餅。二種が二つずつ皿に載っている。

ほかに、芋団子も名物だった。

里芋とうるち米を一緒に炊きこみ、平たい団子のかたちに丸めて串を打ち、香ばしく焼きあげて甘めの味噌を塗り、さっとあぶれば出来上がりだ。見世の座敷ばかりでなく、前に据えられた長床几に座って食すこともできる。持ち帰りまでできるから、至れり尽くせりだ。

「おお、これはうまいね」

貝焼き味噌を食すなり、隠居の代蔵が笑みを浮かべた。

「玉子の煮え方がいい塩梅で」

暇な武家の髭面もほころぶ。

「蛤の天麩羅がふんだんに入ったうどんを桑名で食した。あれもいけるぞ」

角之進は喜四郎に教えた。

「ああ、それはうまそうですね」

喜四郎はすぐさま答えた。

甘味処のほうからは、習いごと帰りとおぼしい娘たちのにぎやかな声が響いてきた。

「わあ、利小太も富士太もふさふさね」

「うん、尻尾が立派」

「あ、お団子食べちゃ駄目よ」

娘たちと同じ座敷にいるのは二匹の猫だった。

兄が利小太で、弟が富士太。銀色の縞模様の入った毛並みが美しい猫を目当てに通ってくれる客もいる。

あまから屋には猫がもう二匹いた。どちらも雌だが、だいぶ歳でお産はしなくなった。

毛がふさふさしたほうがたぬき、きつね色の毛並みのきつね。古くからの看板猫は、土間の隅に置かれた箱に仲良く入って寝ている。

「よし、次は芋煮だ」

厨に入っている食材をたしかめてから、角之進が言った。

「芋の煮つけですか」

喜四郎が問う。

角之進と同じく、田楽屋という知る人ぞ知る料理屋で修業した男だ。田楽屋のあるじは八十八で、しくじりの多かった角之進はよく叱られていたものだ。剣術や将棋と違って料理の腕には心もとないところがある角之進だが、弟子の腕には定評があった。

「いや、ただの煮つけではない。里芋に蒟蒻に葱に焼き豆腐が入る。ただの豆腐ではなく、焼き豆腐がいい」

角之進はそう言って、味つけも教えた。

腕は喜四郎に劣るが、舌はたしかだ。酒田で仕入れた料理は、こうして江戸のあまから屋に伝えられた。

芋煮ができるまでのあいだ、角之進は茶を呑みながらあまあま餅と芋団子を食した。

「王ちゃんはお元気で？」

おはながたずねた。

「ああ、おかげでな。久々に会ったら背が伸びたような気がする」

角之進は身ぶりをまじえて答えた。

「気がするんじゃなくて、本当に伸びたのでございましょう、飛川さま」

隠居の代蔵が笑みを浮かべた。

「子が育つのはあっという間ゆえ」

甲斐庄喜右衛門が和した。

そうこうしているうちに、芋煮ができた。

器用な喜四郎は、豆腐の水をいくらか抜いてからわざわざ焼き豆腐にして芋煮に投じていた。

「おお、いい味がでているな。酒田で食ったものよりうまい」

角之進は手放しでほめた。

「ありがたく存じます」

喜四郎が頭を下げる。

「こりゃあ、冬場にはこたえられませんな」

代蔵がうなった。

「酒の肴にもちょうど良さそうで」

暇な武家も笑みを浮かべる。

「では、ちょくちょくお出ししましょう」

あまから屋のあるじが請け合った。

「諸国を廻ってきた甲斐があった。あとは書き物にして、また託しに来るゆえ」

角之進が言った。

「いつごろまで江戸に?」

喜四郎がたずねた。

「今月いっぱいくらいまではいられると思う。それから、今度は飛騨の山のほうへ行かねばならぬ」

角之進は答えた。

「お役目、大変でございますな。御身にお気をつけて」

隠居が諸国廻りの労をねぎらった。

ここで、目を覚ました老猫のたぬきが歩み寄ってきた。

「起きたか。おれがだれか憶えておるか？」

角之進はそう言って右手を伸ばした。

たぬきはくんくんとそのにおいをかいだかと思うと、

「くわー」

と、やにわにないた。

「憶えていたか。よしよし」

角之進は猫の首筋をなでてやった。

きつねもひょこひょことやってきた。

「おまえもなでてやろう」

角之進はもう一匹の猫に手を伸ばした。

六

翌る日はいい日和になった。

角之進はおみつと王之進とともに富岡八幡宮に出かけた。

初詣は伊勢で済ませてあるが、晴れて家族で出かける江戸の初詣だ。

これまでは角之進が途中から負ぶって運んでいた永代橋(えいたいばし)を、ややぎこちない足取りながらも王之進はおのれの足で歩いてわたった。

「えらいぞ」

角之進はわが子をほめた。

「疲れた？」

おみつが問う。

さすがに疲れたようで、王之進はこくりとうなずいた。

「ならば、お参りを済ませたら甘味処でゆっくり休もう」

角之進が言った。

「わーい、お団子」

王之進の表情がにわかに晴れた。

八幡宮の本殿で、角之進は長く両手を合わせた。

あれもこれもと思うと、つい願いが長くなった。

「ずいぶん長かったわね、おまえさま」

おみつからそう言われた。

「王之進がすこやかに育つようになどといろいろ願いごとをしていたからな。さりながら、いちばんの願いはいつも同じだ」

角之進は答えた。

「どういう願いでしょう」

おみつがたずねた。

「次も諸国廻りのつとめを果たして、江戸の家族のもとへ無事戻れますようにと願っておいた」

角之進は答えた。

「わたしも同じお願いをしました」

恋女房はそう言って笑った。

七

お参りを済ませた角之進たちは、門前の甘味処で休むことにした。

王之進は団子の三種盛り、角之進とおみつは汁粉を頼んだ。

「もっとゆっくり食え」

角之進が王之進に言った。

餡団子の次はみたらし団子、お次は草団子と次々に手を伸ばしていく。

「お団子は逃げないから」

おみつが笑みを浮かべる。

「はは、汁粉もどうだ」

角之進は笑って訊いた。

まだもぐもぐと団子をかみながら、王之進はうなずいた。

その後は汁粉を味わいつつ、角之進の諸国廻りとしてのつとめの話になった。王之進はしきりに旅先での活躍の話を聞きたがった。

話してやりたいのはやまやまだが、なにぶんにわかには信じがたいことばかりだ。おみつにはかいつまんで伝えたのだが、女房ですらなかなか呑みこめない様子だった。

「どんな荒唐無稽な戯作でも書くまいという話だからな」

角之進はあいまいな顔つきで言った。

それでも、王之進がせがむから、大幅に刈り取って伝えられるところだけ伝えることにした。

「ゆくえ知れずになっていた船の船乗りたちは、時を超えてしまったがためにみな赤い目になっていた。それではあまりにもかわいそうだから、深いところにいる番人のような者によくよくお願いをしたのだ」

　ここまで来るともはやべつの話だが、わらべでも分かるようにかみくだくとそんな説明になった。

「そうすると、どうなったのです？　父上」

　王之進は瞳を輝かせて続けた。

「船は蓬萊のごとき都へ流れ着き、船乗りたちは緑の瞳に変じて、この先も歳を取ることなく安楽に暮らすことになったのだ。これは、おれも船乗りたちのせがれも夢に見たから、間違いのないことだ」

　角之進はそう告げた。

「父上はどうやって戻られたんです？」

　王之進がしっかりした口調で問うた。

　いつのまにか受け答えが大人びてきたから驚かされる。

「恐ろしい渦を乗り切って、命からがら戻った。人生でもいちばんの危機であった」

　角之進は答えた。

　草吉の手裏剣に救われたくだりは、当人が嫌がるかもしれないから伏せておいた。

「何にせよ、よろしゅうございましたね」

おみつが言う。

「そうだな」

角之進はしみじみと答えた。

八

「よし、もう少しだ」

角之進が声をかけた。

王之進は永代橋の上り（のぼり）を懸命（けんめい）に進んでいた。帰りも一人で歩くと言うので歩かせてみたのだが、さすがに足が疲れて大儀そうだ。

「ここまで、ここまで」

おみつが先に進んで手をたたく。

「はい」

王之進はまた歩きだした。

「一歩ずつ進めば、必ずたどり着く。気張れ」

角之進が励ました。

「あと少し」

おみつも声をかける。

「休み休みで良い。足が痛ければ、そこからは負ぶってやろう」

角之進がそう言うと、息子は一つうなずき、懸命に残りを歩いた。

「あと一歩」

おみつの声に応えて、王之進は最後の一歩を進んで上りきった。

「よし、気張ったな」

角之進は白い歯を見せた。

ふう、と一つ王之進が息をつく。

「おんぶしてもらう?」

おみつが問うた。

「肩車のほうが良うございます、父上」

王之進が少し考えてから答えた。

「はは、そのほうが見晴らしがいいからな。よし、乗れ」

角之進はしゃがんで広い背を向けた。

「落ちないように、しっかりつかまってね」

おみつが言う。

「ちゃんとつかまっていろ」

そう言うなり、角之進は立ち上がった。

「わあ」

王之進が声をあげた。

大川(おおかわ)の流れや船などが見えたからだ。

「遠くまで見えるか？」

角之進は問うた。

ちょうど川上のほうだ。

「はい。流れまでよく見えます」

王之進は弾(はず)んだ声で答えた。

「さまざまな源(みなもと)から流れてきた水が合わさり、このような大きな川になるのだ」

角之進はそう教えた。

「その源はどういうところです？」

王之進から問われたとき、だしぬけによみがえってきた光景があった。

御燈明(おとうみょう)がぽつんと一つ立っているだけの場所だ。

そこから流れていたのは時だった。

しかし……。

その始原の場所を護(まも)っていた者、翁(おきな)とも童(わらべ)ともつかない者の顔は、もうまったく思い出すことができなかった。

「深い山の岩場とかかしら」

黙ってしまった角之進の代わりに、おみつが答えた。

「そうだな」

角之進は軽く首を振ってから続けた。

「初めは岩場を伝う一滴の水だ。そんなささやかなものであっても、さまざまな一滴が集まり、流れになり、その流れが集まっていけば、やがては大川のような川になり、海へと注いでいく。一人一人はささやかでも、みなが集まれば大きな江戸の町になるようなものだ」

角之進は蔵が立ち並ぶ河岸を手で示した。

その肩の上で、王之進がうなずいた。

「人の歩みも同じよ」

おみつが教えた。

「一歩一歩はささやかでも、たゆみなく積み重ねていけば、やがては遠いところにたどり着くの」

「はい、母上」

父に肩車をされた王之進が答えた。

「ならば、また下りて歩くか？」

角之進が水を向けた。

「はい、でも……」

王之進は少し言いよどんでから続けた。

「いま少し景色を見とうございます」

「そうか」

角之進は笑みを浮かべた。

「ならば、心ゆくまで見ろ」

おのれも川の流れをながめながら、角之進は言った。

「あっ、また船が」

王之進が指さした。

角之進は同じものを見た。

船頭がたしかな腕さばきで櫓を操っている。
幻の船ではない、荷を積んだうつつの船だった。

［参考文献一覧］

船の科学館編『菱垣廻船／樽廻船』（船の科学館）
柚木学編『日本水上交通史論集第四巻　江戸・上方間の水上交通史』（文献出版）
『復元・江戸情報地図』（朝日新聞社）

（主要参考ウェブサイト）
一般財団法人日本食生活協会
農山漁村の郷土料理百選
北前船 KITAMAE 公式サイト
郷土料理ものがたり
農林水産省
海洋政策研究所
酒田商工会議所
やまがた酒田さんぽ

新潟県
霊能力入門
霊魂の力を増大させる祝詞　十種神宝（とくさのかんだから）
こめや産業
カネハツ
macaroni
icotto　心みちるたび

倉阪鬼一郎　時代小説　著作リスト

	作品名	出版社名	出版年月	判型	備考
1	『影斬り　火盗改香坂主税』	双葉社	○八年十二月	双葉文庫	
2	『深川まぼろし往来　素浪人鷲尾直十郎夢想剣』	光文社	○九年五月	光文社文庫	
3	『風斬り　火盗改香坂主税』	双葉社	○九年九月	双葉文庫	
4	『花斬り　火盗改香坂主税』	双葉社	一○年九月	双葉文庫	

	書名	出版社	刊行	文庫	備考
5	『人生の一椀　小料理のどか屋人情帖　1』	二見書房	一〇年十一月	二見時代小説文庫	
6	『江戸迷宮　異形コレクション　47』	光文社	一一年一月	光文社文庫	※アンソロジー
7	『倖せの一膳　小料理のどか屋人情帖　2』	二見書房	一一年三月	二見時代小説文庫	
8	『結び豆腐　小料理のどか屋人情帖　3』	二見書房	一一年七月	二見時代小説文庫	
9	『手毬寿司　小料理のどか屋人情帖　4』	二見書房	一一年十一月	二見時代小説文庫	
10	『黒州裁き　裏町奉行闇仕置』 『裏・町奉行闇仕置　黒州裁き』	ベストセラーズ コスミック出版	一二年三月 一八年十月	ベスト時代文庫 コスミック・時代文庫	

番号	書名	出版社	刊行年月	文庫
11	『雪花菜飯　小料理のどか屋人情帖　5』	二見書房	一二年三月	二見時代小説文庫
12	『面影汁　小料理のどか屋人情帖　6』	二見書房	一二年八月	二見時代小説文庫
13	『大名斬り　裏町奉行闇仕置』 『裏・町奉行闇仕置　死闘一点流』	ベストセラーズ コスミック出版	一二年八月 一八年十二月	ベスト時代文庫 コスミック・時代文庫
14	『あられ雪　人情処深川やぶ浪』	光文社	一二年十一月	光文社文庫
15	『命のたれ　小料理のどか屋人情帖　7』	二見書房	一二年十二月	二見時代小説文庫
16	『若さま包丁人情駒』	徳間書店	一三年二月	徳間文庫

17	『おかめ晴れ　人情処深川やぶ浪』	光文社	一三年五月	光文社文庫	
18	『夢のれん　小料理のどか屋人情帖　8』	二見書房	一三年五月	二見時代小説文庫	
19	『飛車角侍　若さま包丁人情駒』	徳間書店	一三年八月	徳間文庫	
20	『味の船　小料理のどか屋人情帖　9』	二見書房	一三年十月	二見時代小説文庫	
21	『きつね日和　人情処深川やぶ浪』	光文社	一三年十一月	光文社文庫	
22	『大江戸「町」物語』	宝島社	一三年十二月	宝島社文庫	※アンソロジー

No.	書名	出版社	刊行	文庫	
23	『海山の幸　品川人情串一本差し』	KADOKAWA	一三年十二月	角川文庫	
24	『街道の味　品川人情串一本差し　2』	KADOKAWA	一四年二月	角川文庫	
25	『希望粥　小料理のどか屋人情帖　10』	二見書房	一四年三月	二見時代小説文庫	
26	『大勝負　若さま包丁人情駒』	徳間書店	一四年四月	徳間文庫	
27	『宿場魂　品川人情串一本差し　3』	KADOKAWA	一四年四月	角川文庫	
28	『一本うどん　八丁堀浪人江戸百景』	宝島社	一四年五月	宝島社文庫	

29	『大江戸「町」物語　月』	宝島社	一四年六月	宝島社文庫	※アンソロジー
30	『開運せいろ　人情処深川やぶ浪』	光文社	一四年六月	光文社文庫	
31	『心あかり　小料理のどか屋人情帖　11』	二見書房	一四年七月	二見時代小説文庫	
32	『大江戸「町」物語　光』	宝島社	一四年十月	宝島社文庫	※アンソロジー
33	『闇成敗　若さま天狗仕置き』	徳間書店	一四年十月	徳間文庫	
34	『名代一本うどん　よろづお助け』	宝島社	一四年十一月	宝島社文庫	

35	『江戸は負けず　小料理のどか屋人情帖 12』	二見書房	一四年十一月	二見時代小説文庫	
36	『出世おろし　人情処深川やぶ浪』	光文社	一四年十二月	光文社文庫	
37	『迷い人　品川しみづや影絵巻』	KADOKAWA	一五年二月	角川文庫	
38	『ほっこり宿　小料理のどか屋人情帖 13』	二見書房	一五年二月	二見時代小説文庫	
39	『笑う七福神　大江戸隠密おもかげ堂』	実業之日本社	一五年四月	実業之日本社文庫	
40	『世直し人　品川しみづや影絵巻』	KADOKAWA	一五年五月	角川文庫	

41	『もどりびと　桜村人情歳時記』	宝島社	一五年五月	宝島社文庫	
42	『江戸前祝い膳　小料理のどか屋人情帖　14』	二見書房	一五年六月	二見時代小説文庫	
43	『狐退治　若さま闇仕置き』	徳間書店	一五年八月	徳間文庫	
44	『ようこそ夢屋へ　南蛮おたね夢料理』	光文社	一五年十月	光文社文庫	
45	『ここで生きる　小料理のどか屋人情帖　15』	二見書房	一五年十月	二見時代小説文庫	
46	『あまから春秋　若さま影成敗』	徳間書店	一五年十二月	徳間文庫	

47	『天保つむぎ糸　小料理のどか屋人情帖16』	二見書房	一六年二月	二見時代小説文庫
48	『まぼろしのコロッケ　南蛮おたね夢料理（二）』	光文社	一六年三月	光文社文庫
49	『からくり成敗　大江戸隠密おもかげ堂』	実業之日本社	一六年四月	実業之日本社文庫
50	『人情の味　本所松竹梅さばき帖』	コスミック出版	一六年五月	コスミック・時代文庫
51	『包丁人八州廻り』 『まぼろし成敗　八州廻り料理帖』	宝島社 コスミック出版	一六年六月 二〇年五月	宝島社文庫 コスミック・時代文庫
52	『ほまれの指　小料理のどか屋人情帖17』	二見書房	一六年六月	二見時代小説文庫

53	『大江戸秘脚便』	講談社	一六年七月	講談社文庫	
54	『母恋わんたん　南蛮おたね夢料理（三）』	光文社	一六年八月	光文社時代小説文庫	
55	『国盗り慕情　若さま大転身』	徳間書店	一六年十月	徳間時代小説文庫	
56	『走れ、千吉　小料理のどか屋人情帖18』	二見書房	一六年十一月	二見時代小説文庫	
57	『娘飛脚を救え　大江戸秘脚便』	講談社	一六年十二月	講談社文庫	
58	『花たまご情話　南蛮おたね夢料理（四）』	光文社	一七年一月	光文社時代小説文庫	

番号	書名	出版社	刊行年月	文庫
59	『京なさけ　小料理のどか屋人情帖19』	二見書房	一七年二月	二見時代小説文庫
60	『料理まんだら　大江戸隠密おもかげ堂』	実業之日本社	一七年四月	実業之日本社文庫
61	『開運十社巡り　大江戸秘脚便』	講談社	一七年五月	講談社文庫
62	『上州すき焼き鍋の秘密　関八州料理帖』 『隠れ真田の秘密　八州廻り料理帖』	宝島社 コスミック出版	一七年五月 二〇年十一月	宝島社文庫 コスミック・時代文庫
63	『からくり亭の推し理』	幻冬舎	一七年六月	幻冬舎時代小説文庫
64	『きずな酒　小料理のどか屋人情帖20』	二見書房	一七年六月	二見時代小説文庫

65	『桑の実が熟れる頃　南蛮おたね夢料理（五）』	光文社	一七年七月	光文社時代小説文庫
66	『諸国を駆けろ　若さま大団円』	徳間書店	一七年八月	徳間時代小説文庫
67	『聖剣裁き　浅草三十八文見世裏帳簿』	コスミック出版	一七年九月	コスミック・時代文庫
68	『あっぱれ街道　小料理のどか屋人情帖　21』	二見書房	一七年十月	二見時代小説文庫
69	『廻船料理なには屋　帆を上げて』	徳間書店	一七年十二月	徳間時代小説文庫
70	『ふたたびの光　南蛮おたね夢料理（六）』	光文社	一八年一月	光文社時代小説文庫

No.	書名	出版社	刊行年月	叢書	備考
71	『決戦、武甲山　大江戸秘脚便』	講談社	一八年一月	講談社文庫	
72	『生きる人　品川しみづや影絵巻　完結篇』 『生きる人　品川しみづや影絵巻（三）』		一八年一月 二〇年九月	DL Market アドレナライズ	＊電子書籍
73	『江戸ねこ日和　小料理のどか屋人情帖　22』	二見書房	一八年二月	二見時代小説文庫	
74	『悪大名裁き　鬼神観音闇成敗』	コスミック出版	一八年三月	コスミック・時代文庫	
75	『廻船料理なには屋　荒波越えて』	徳間書店	一八年五月	徳間時代小説文庫	
76	『ゆめかない膳　南蛮おたね夢料理（七）』	光文社	一八年七月	光文社時代小説文庫	

77	78	79	80	81	82
『兄さんの味 小料理のどか屋人情帖 23』	『八丁堀の忍』	『風は西から 小料理のどか屋人情帖 24』	『廻船料理なには屋 涙をふいて』	『よこはま象山揚げ 南蛮おたね夢料理（八）』	『ぬりかべ同心判じ控』
二見書房	講談社	二見書房	徳間書店	光文社	幻冬舎
一八年七月	一八年八月	一八年十月	一八年十一月	一九年一月	一九年二月
二見時代小説文庫	講談社文庫	二見時代小説文庫	徳間時代小説文庫	光文社時代小説文庫	幻冬舎時代小説文庫

83	84	85	86	87	88
『千吉の初恋　小料理のどか屋人情帖25』	『八丁堀の忍（二）　大川端の死闘』	『人情料理わん屋』	『廻船料理なには屋　肝っ玉千都丸』	『裏・町奉行闇仕置　鬼面地獄』	『親子の十手　小料理のどか屋人情帖26』
二見書房	講談社	実業之日本社	徳間書店	コスミック出版	二見書房
一九年三月	一九年三月	一九年四月	一九年五月	一九年六月	一九年六月
二見時代小説文庫	講談社文庫	実業之日本社文庫	徳間時代小説文庫	コスミック・時代文庫	二見時代小説文庫

No.	書名	出版社	刊行年月	文庫
89	『慶応えびふらい 南蛮おたね夢料理（九）』	光文社	一九年七月	光文社時代小説文庫
90	『しあわせ重ね 人情料理わん屋』	実業之日本社	一九年十月	実業之日本社文庫
91	『八丁堀の忍（三） 遥かなる故郷』	講談社	一九年十一月	講談社文庫
92	『十五の花板 小料理のどか屋人情帖 27』	二見書房	一九年十一月	二見時代小説文庫
93	『裏・町奉行闇仕置 決戦隠れ忍び』	コスミック出版	一九年十二月	コスミック・時代文庫
94	『夢の帆は永遠に 南蛮おたね夢料理（十）』	光文社	二〇年一月	光文社時代小説文庫

番号	書名	出版社	刊行年月	文庫	
95	『見参、諸国廻り　天狗の鼻を討て』	徳間書店	二〇年二月	徳間時代小説文庫	
96	『風の二代目　小料理のどか屋人情帖　28』	二見書房	二〇年二月	二見時代小説文庫	
97	『夢あかり　人情料理わん屋』	実業之日本社	二〇年四月	実業之日本社文庫	
98	『かえり花　お江戸甘味処　谷中はつねや』	幻冬舎	二〇年六月	幻冬舎時代小説文庫	
99	『若おかみの夏　小料理のどか屋人情帖　29』	二見書房	二〇年六月	二見時代小説文庫	
100	『潜入、諸国廻り　鬼の首を奪れ』	徳間書店	二〇年八月	徳間時代小説文庫	

101	『八丁堀の忍（四） 隻腕の抜け忍』	講談社	二〇年九月	講談社文庫	
102	『夢屋台なみだ通り』	光文社	二〇年九月	光文社時代小説文庫	
103	『あやし長屋今々帖』	アドレナライズ	二〇年九月		*電子書籍
104	『きずな水 人情料理わん屋』	実業之日本社	二〇年十月	実業之日本社文庫	
105	『新春新婚 小料理のどか屋人情帖 30』	二見書房	二〇年十一月	二見時代小説文庫	
106	『腕くらべ お江戸甘味処 谷中はつねや』	幻冬舎	二〇年十二月	幻冬舎時代小説文庫	

107	『幻の船を追え　漂流、諸国廻り』	徳間書店	二一年二月	徳間時代小説文庫	

この作品は徳間文庫のために書下されました。

徳間文庫

漂流、諸国廻り
幻の船を追え

2021年2月15日 初刷

著者 倉阪鬼一郎

発行者 小宮英行

発行所 株式会社徳間書店

東京都品川区上大崎三−一−一 〒141−8202
目黒セントラルスクエア

電話 編集〇三(五四〇三)四三四九
販売〇四九(二九三)五五二一

振替 〇〇一四〇−〇−四四三九二

印刷
製本 大日本印刷株式会社

ISBN978-4-19-894626-5 (乱丁、落丁本はお取りかえいたします)

貧乏神あんど福の神
田中啓文
弘法堂
徳間文庫